林清盛

第十個約定

貝克漢，小名漢漢

2002.01.16-2014.11.01

安靜、窩心的兒子

輯一 其實是你選擇我

輯二

我要的不是禮物，是安靜地陪伴

輯三

如果溫暖不在了，人跟人之間的相處與信仰就不一樣了

不尋常的家人

——清盛的家．離別與送行書寫

張大春

陪伴我過日子的狗不計其數，其中一半兒是叫人給毒死。對於某些人來說是寵物的家畜，對於另外一些人卻是必欲除之而後快的惡魔。後者不能體會的是：我們容有不尋常的家人。

當我們還年幼的時候，就會知道家人之中必有需要我們照拂看顧的，也會知道家人之中必有先我們而去的，更會知道家人之中必有我們不能完全瞭解、也未必完全瞭解我們的。這些帶來勞苦、傷感、以及挫折的際遇，正是從我們和最親密者之間交融激盪而生、而成，與物種、血緣無關。視之如家人、待之如家人、愛之如家人，則家人矣。

多年前，我聽一位姑娘說她不能親近貓犬之屬，原因很簡單，是姑娘

的老娘說的一句話：「牠們遲早會傷你！」據說這話是她年紀還小的時候聽來的，不料一語成讖，日後但逢親近貓犬於道途之間，她總會在驚聲尖叫之餘，罹抓咬之難。

不過，我寧可把那位老娘的話延伸來看：令人黯然神傷的，不只皮肉抓咬，還有生離死別。家飼貓犬，與主人遭遇，鍛鍊彼此的心志、磨合彼此的個性、安頓彼此的感情。於飼主而言，不啻是勞我以生、哀我以死、而終其天年還未必能讓我們認識的陌生家人嗎？

林清盛出身花蓮壽豐鄉，十八歲負笈北上，完成中文系的學業之後，一向在台北獨立謀生。從一九九九年九月起，與我在電台共事，呼同兄弟，誼兼父子，前後十七年。他很早就告訴我：此生不做成家之想。看他年過四十，煢煢獨棲，不惹紅塵，可見堅決。這樣的人物多了，從陸羽到林和靖、從康德到卡夫卡，從安徒生到叔本華。人們但知其所事之藝、所問之學，而不及其家。但是梅妻鶴子之事，彷彿就昇華了七情六欲；也不僅僅是風雅，還帶有一種重新鑄造人生和情感的卓絕想像力。

不飼養貓狗者，應該會覺得有些主人家對於寵物的行為或表情總有過度的詮釋。我卻覺得能發展出那樣細膩的觀察、那樣深刻的體會，足見主人別無用心的寂寞的確強大極了。而寂寞，誰說不是想像力的溫床呢？

黃金獵犬貝克漢加入清盛的家人圈之前，清盛還有不能朝夕相處的父親和妹妹，父親在花蓮縣193公路的那一頭，妹妹則經常在天涯海角。貝克漢成為家人，也不過就是十二年又十個月的事。貝克漢離開之後，清盛寫下了這本追憶憑弔之書。也是在讀著這本書稿的時候，我恍然而悟：那破碎的、瑣屑的、看似微不足道的生活細節，正是送行者重浴時間之流的清滌。

大約也是在貝克漢三、四歲的時候，清盛才驚覺：時間在相對兩個家人之間也有其不對稱的相對之論。無論毛孩子的表情、體態、活動如何活潑可愛，牠們在人類的計時器上總以數倍於人以上的速度很快地老化。這一本家人之書的兩個主人翁也因為生理時間的不對稱，而帶給讀者體貼生命老去的軌跡。清盛自己從大男孩的年紀，跨過了四十而不惑的門檻，而

他與貝克漢所打造的家，也恰是種種消逝青春相互送行之地。

實則這不只是一人、一狗的家庭。即使不常發生，字裡行間也辨識得出，清盛和不十分情願的貝克漢還時而要接待一些流浪街頭的朋友。從吉娃娃、拉不拉多到米克斯，還有從一隻變成一家子的橘貓家族……供應上幾天的溫飽、帶去獸醫診所作一番檢查，或者是全身洗淨了好另外給尋覓飼主。短暫的相聚之後，著墨更深之處，還是一次又一次的離別。

如果從剎那與永恆之間相對不拘的意義來看，清盛和貝克漢所形成的家庭還真是與時俱進，且隨遇而安。街貓街狗一經其手，多少得以獲得善意的安頓。如此看來，家又不只是有限的一張屋簷所覆蓋的幾間居室，而是在這個擁擠著陌生人的城市中，提供飢者食、渴者飲、病者醫、疲者息的慈悲燈火。而我小時候學到的「民胞物與」四個字差不多就是這樣的情懷了。

說到情懷，我得承認這是一個近年來被廣泛濫用、已經疲憊到不堪負擔實際意義的字眼了。就像我如果只是引述《活在當下》（芭芭拉・安

吉麗思（Barbara De Angelis）著）裡的這兩句話，恐怕也就是夸夸其談罷了：「或許人生的意義，不過是嗅嗅身旁每一朵綺麗的花兒，享受一路走來的點點滴滴。」

不過，芭芭拉的這兩句話還有上文，她說的是和狗兒一起散步的時候，她會變成運用另一種感官方式應對世界的人，她「對路旁的花草樹木、或者任何一點小聲響都異常敏銳，也會和狗兒輕鬆的節奏氣息相通，感受到牠的律動。」

於是，狗兒的追求變成了飼主的追求，狗兒的感受變成了飼主的感受，芭芭拉說：「我的心神完全投注在散步之中，不去哪裡也不做甚麼——」質言之：必須透過毛孩子們那種無所為而為的「永恆之當下」（perpetual present），我們才可能體會：

「或許人生的意義，不過是嗅嗅身旁每一朵綺麗的花兒，享受一路走來的點點滴滴。」

清盛是個有信仰的人，也因之是個受福之人。他敏銳的感性和寬厚的性格於我不但是強大的支持，也是長久的榜樣。我為人粗率脫略，遇事不耐細繁，原本不習慣看人嘮嘮叨叨說自己身邊瑣事，見人與狗兒親吻也直想跟那人說：「牠剛舔了屁股呢！」然而，長年以來，清盛對於人稱「寵物」的毛孩子開拓了我對家人的體會，原來，牠們每一個都不尋常，也都反映出飼主的人格與性情。

至於清盛，他為他那不尋常的家人所作的一切——尤其是這一部送行書寫——畢竟是在迎接一片寬大慈悲的心地。我謝謝他。

守約

張曼娟

對於清盛最初最鮮明的印象，是二十幾年前，在大學課堂上的相遇。雖然他那時高票當選了系學會會長，是個風雲人物，在我的班上卻是安靜寡言的。有一回我的新書舉辦簽名會，當時助教帶著他來獻花，站在一段相當的距離以外，捧著盛開與含苞的豐美花束，這個頎長的俊美少年，臉上有著謹慎的、靦腆的微笑，亮晶晶的黑眼睛望著我。他知道應該走向我，只是還在評估一個恰當的時機。如果我們後來沒有重逢，那麼，這就是清盛留給我的最後的圖象了。隔著距離，馨香卻已撲鼻。

幾年後我們在廣播錄音室裡重逢了，初初仍是謹慎的、距離的、有禮貌的，直到他擁有了一個珍貴的生命漢漢。就像是第一次當上爸爸的狂

喜與甜蜜，忍不住和我分享小漢漢又萌又淘氣的照片；忍不住的總要聊起漢漢的種種，臉上的線條變得好柔和，笑意盈滿雙眼，曾經不動聲色的臉孔，表情愈來愈豐富。清盛被漢漢改變了，為了紀念這意義非凡的時刻，我寫了一個短篇小說〈芬芳〉，就是以清盛與漢漢為原型的故事。小說寫完出版後，漢漢已經從一隻小狗變成一隻大狗了。清盛帶著漢漢來電台，未成年的漢漢活潑好動，歡快的向我衝過來，我卻被嚇了一跳。其實我從小就怕狗，從未跟狗相處過，漢漢比我想像得更高大，奔跑時全身金黃色的長毛飄飛著，有一瞬間，我感覺這並不是一隻狗，而是一匹小馬。那天，我獃在原地一動也不敢動，後來一直為沒摸過漢漢感到惆悵。

漢漢成為清盛的牽掛，於是，我也開始搜尋好吃的狗餅乾、肉條，漂亮的牽繩等等，送給漢漢的禮物，似乎比送給清盛的禮物更令他喜悅。十二年後，漢漢病了，病得更重了。清盛的笑容消失了，最後一個星期，他請了假，要在家裡守著漢漢，陪伴他到最後。電台的同事輪流幫忙代班，講到清盛時，都是擔憂與心疼，有時紅了眼眶。我看見了清盛對漢漢的

愛，也看見了大家對清盛的愛。

讀著清盛的《第十個約定》，充滿情感的筆調，讓我常有身歷其境之感，彷彿我也伴著他們在月光下散步；彷彿我也攬抱著漢漢的頭；彷彿我也能在最後時刻，輕輕撫摸著漢漢對他說話：「謝謝你照顧爸爸，讓他可以愛你、被你包容、無所顧忌的跟你說話，讓他得到最信任、最安全的愛。」

清盛是守約的人，十個約定都做到了；漢漢是守約的狗，奉獻全部的愛到最後一天。

在我腦海摺頁中的，是散發著黃金光澤的小馬，與捧著豐盛花束的少年，都有著異樣的美麗與永恆的意義。

有些事我是羨慕清盛的

李瑾倫

有些事我是羨慕清盛的。

比如說，他在一種從容的狀態帶回漢漢（我的毛孩都來得匆忙），他記得是漢漢出生後第四十天（我的毛孩總數不清哪幾日是哪幾日）。他和漢漢一人一狗睡得好舒適（我總是毛孩擠一堆共享），他們的家附近剛好就有水療池（我一直祈禱附近開一家）。

讀著清盛與漢漢的互動，思緒不自主飄到自己的毛孩身上。一張張端詳那些與我相處人世光陰、真摯稚氣的臉，在工作室或家裡四處趴著，等我的些微動靜如同等待至高指令。

有些事也是我這樣的養狗人會注意的，像書中提到「住家附近有商家

在門前養一隻哈士奇犬，每回經過看到牠，總是睡在馬路旁，終身鐵鍊不解」這樣的人間事。

工作室附近有家日本料理店，偶爾去吃，注意到騎樓柱旁拴著（也是）一隻哈士奇犬。牠被拴著，旁邊放一小盆水還有食物的空碗，狗狗身後柱子上貼著「不要餵食」的告示。

高雄天氣爆熱，中午熱起來要人命，裹著厚毛的哈士奇經年累月困守度日。觀察後知道，狗狗是旁邊金紙店的。再讀柱子上貼的不只一張的告示，相信付諸行動關心店家的應該不只一人。只是若沒有感同身受，只把動物當作「無感覺的會活會動之物」，再多人試圖改變現狀也只可能落入一種無可奈何。

不用特別摸摸、不用特別哄，狗狗愛牠所愛的人，也愛不愛牠的人，這是真正讓我（們）心疼的地方。漢漢愛清盛，也愛姑姑，我猜想漢漢還有許多秘密好朋友，在牠可愛的腦袋裡。漢漢專屬的秘密檔案夾裡可能還收錄不少偏方，比如「鈔票吞食療法」、「衛生紙身心靈舒緩療法」，還

有說不盡與清盛散步時沿路的小收藏。

關於（人）可以給狗狗的愛，由清盛描述的返家之路，不難窺見愛的細微處。愛狗狗的我（們）會像路況播報員，跟狗狗說：「給你看看外面」（降下車窗）、「要關窗囉」（車窗上升）、「你有沒有暈車」（盯視）、「來，下來逛逛」（下車）、「你有沒有開心」（摸頭）、「趕快尿尿，我們要上車囉」（擔心憋著）……

生命總會走到盡頭，但明明才健康檢查沒多久，為何忽然就倒下了？這遺憾與不解，不只清盛有，我也有過，而且不只一次。但一次又一次告別經驗，讓我學習更多「活在當下」的真義和切身的實踐。

漢漢生命的盡頭，清盛接受醫師建議進行了動物溝通。慶幸清盛做了，因為我也有類近的經驗，由動物溝通師得知毛孩的心理處境。

最感謝的是老狗捲捲過世前一天，傷心與無助中，有位動物溝通師朋友願意馬上挪出時間給我「跟捲捲說說話」。兩個小時當中，我們聊了許多感受、聊了簡短的一輩子、聊了牠最後的願望、聊了我們彼此的愛與身

後事的安排。

捲捲在溝通後第二天，非常平靜地在我懷中離開。最後一段路上，還有什麼比感覺毛孩的平靜，與我抱著心愛的毛孩鄭重說再見，更值得感謝的。

與清盛不同的是，我有過多次面對毛孩最後的經驗（這也算羨慕他的事嗎？），清楚關於漏尿與脫糞的死亡訊息。我察覺的當下，就是一遍又一遍摸著捲捲，跟牠說我愛牠，一謝再謝。

與毛孩的生活時時映照著我們的內心，提醒自己檢視「我究竟是怎樣的人」。牠（們）的存在不只有陪伴，還提醒我們，人生中什麼是真正最重要的。

「我一定要在你身邊。因為這樣，我才可以在最後把我要送你的禮物送給你。」我的捲捲在離世前一天，藉由動物溝通師跟我說。

捲捲你要送我什麼？

「我要送你堅持與勇氣。」捲捲說。

漢漢必定有要送給清盛的人生禮物。即使來不及說出，但相信牠已經用牠的方式傳遞，而清盛一定感受到了。

輯一

其實是你選擇我

第四十天

常聽人問：「現在幾歲啦？」後一句總緊接著問：「從小就開始養的嗎？」以前還沒養狗時，總天真地認為狗不就是從幼犬開始養起，鄰居的狗都是從幼犬看到成犬，從可愛想摸看到須得遠離，後來養了漢漢，才認識狗單純又邪惡的世界，才知道牠們在人類的世界裡生存大不易，很多無主成犬亟待人認養。

漢漢就真的是幸福，出生後狗媽媽輪流照顧他及眾兄弟姊妹們，教他行為輕重與節制，在他滿月時，再去看他們，一大群土豆色的狗，比衛生紙的廣告還壯觀。小狗們，搖啊搖，晃啊晃地四散於地，如同人類爸媽愛看孩子牙牙學步的模樣，一舉一動可愛的模樣，輕易地勾住我們。

在「眾」兄弟姊妹中，漢漢一點也不突出，只是身形較大了點。養狗首重前兩個月與狗媽媽相處的時間，我沒有急著帶走漢漢，認為盡早私

藏他的可愛是自私的，希望他能多與狗媽媽相處，由狗媽媽教他狗該學懂的事。越來越多的研究證明，幼犬越早離開母親，其後續行為的問題就越多。但畢竟一口氣竟有十幾隻幼犬得照顧，實在太累人，主人多次表達，希望我盡早帶走漢漢。

出生後的第四十天，我拎著紙箱與毛巾帶走漢漢，臨走前還多要了一條沾染狗媽媽味道的方布。那天，他的兄弟姐妹都送走了，只剩一隻遲遲找不到新主人。

為何在眾家兄弟姊妹中，獨獨選擇了漢漢？小狗每隻都一樣惹人憐愛，但第一次見面，試抱了三隻，只有漢漢在我的懷抱中睡著。人畢竟有樂當父母的天性，無法抗拒柔弱的小生命，呵護之情在抱起當下，悄然伸出雙手了。

「就你吧！」我想如果有個小生命，可以安安靜靜地躺在初次見面的人的懷裡，是他百分之百地相信我吧！有別於其他兄弟姊妹，總愛吟吟哦哦地不停嚷嚷。如今想起，他就是這般令人疼愛，從小不愛哇哇叫，靜靜

地看著你。

用事先預備好的毛巾包裹住他，輕輕地將他抱起，謝謝主人與狗媽媽後，便帶漢漢回家，開始我們一人一狗的獨居生活。天真以為所有的事情都如預想，像只轉連到一面同色的魔術方塊般，難度不高，可迎刃而解，沒想到還沒到家，他就暈車在我懷裡吐了，這一吐，吐醒了我，知道將建立的不只是與一隻狗的生活，也不只是一段關係，是得用感情呵護一輩子的小生命。

開始養漢漢時，總認為是我選擇了他，等他穩定、莊重，如淡泊世間變化的老僧定坐，才知曉其實是他選擇我，當我第一次抱起他時，他沒有抗拒；當擁入懷中時，他安心睡著；當放入紙箱，他沒企圖逃出。如果他不願意跟我，他可以拉屎拉尿，盡給我最壞的印象，讓我放棄他。但他都沒有。我獲得的不只是一隻狗的陪伴，還有一輩子的愛和信任。

睡得好嗎？

決定養漢漢時，最先準備的不是他的床，也不是買好他的乾飼料，是幾本關於養狗的書，好確定自己能否當一個稱職的狗爸爸，俗稱「照書養」。

書本建議，幼犬離開媽媽到陌生的新家會出現種種不適應的情況，因會想念媽媽，飼主得事先準備好一個鬧鐘與有狗媽媽味道的毛巾或衣物，滴答滴答齒輪的轉動聲，節奏近似狗媽媽的心跳，好讓他安心，這些叮嚀我都照做了。

到夜市買了一個黃色毫無特色的圓形鬧鐘，放在預先準備好的一個紙箱，這紙箱先暫時充當他的床，就擱放在我的床緣下。

窩在裡頭的他，在第一個夜晚，嗚嗚啼啼地好一會兒。狗與人類真的不同嗎？聽過牠們哭聲的，會明白思念與害怕的感受和我們都一樣，沒

有分別。是想念媽媽嗎？還是周遭不熟悉的味道讓他感到不安？適應幾天後，他便自己選擇到客廳睡覺，找到一個他喜歡的角落，從此我們沒再比鄰而眠，除非他偶爾撒嬌想上床。但房門永遠是敞開的，擔心他夜裡害怕，怕雷聲大作時，找不到我，我們就這樣看似各自獨立地生活十二年。

在他六個月大，有天結束如常的深夜散步時，他的腳突然一跛一跛的，看似左腳疼痛，使力量集中到右腳上。從身後觀察他走路的樣子，不明原因的痛，讓他得改變行步方式。那晚便請他留在我房間，雖然他乖乖地躺在床上，但輾轉難眠的他，顯然是不舒服的。

手輕輕地撫摸他的頭，希望減輕他的痛苦，一人一狗就這樣靜待天明。天亮，動物醫院一開診，便帶他做一連串檢查，耗時半天，最後報告的結果，毫不令人意外，他同許多黃金獵犬一樣，有髖關節發育不全的問題，所幸只是左腳輕微不便，因為這基因遺傳疾病，讓我們追蹤就醫時間超過半年，日常須注意他的行動，不讓他追趕跑跳。

住家附近有間新開的狗生活用品店設有水療池，正如及時雨的出現，

便預約帶漢漢去試試。穿好狗狗的浮力背心，我是又勸又拉地請他下水，好不容易成功拉入水，結果下池不到十秒，他就急著上岸。用品店的老闆當時說：「你家的狗是我遇到最怕水的黃金獵犬！」至今仍記得。當時，感覺很羞愧。事後想想，這也是沒辦法的事，他就是這麼特別。

十年後搬至新住處，在客廳擺放他的舊床，也在我的房間裡預留了一張便床，任他選擇。第一週，他天天睡在我房間，但出奇地安靜，沒聽他說夢話，身體也沒出現異趣的顫動，這顫動恍如有狗闖入夢境，和狗群們戲鬧玩樂。如同我們作夢時，會揮手阻擋一場惡夢進逼，身體也會不由自主地比手畫腳，手揮大了點，一不小心就摔落床下。

漢漢適應新家後，就不再睡在我的房裡，擺放在床旁邊，鋪在便床上的《綠光戰警》黑色大浴巾，只沾留他數根黃金色的長毛，不見他曾眷戀過的痕跡。

鋪床比賽

「等一下！」、「等一下！」、「等一下就好了喔！」每當鋪整剛曬好，充滿太陽溫暖香氣的睡墊時，我總語氣堅定地跟他這樣說。這時漢漢就站在一旁監督，嫌我裝填太久，隨後前腳就常來干涉並催促我。

冬夜天寒，漢漢非常喜歡窩在軟墊上，每次幫他鋪床，總希望可以從容地塞入棉心，然後平鋪在地上，再歡迎他蹂躪。但從曬衣架取下開始，他便一路盯梢，棉心才剛填入，便急著踩上，逼促我快點。我只好求爺拜娘的，外加伸手推阻，他才願意離開。但我得加快動作，彷彿當兵時所喊的口號：迅速、確實。因為再不快點，床罩就會被他攻城掠地，難以調整；若不平整，歪七扭八的，我還得推開他，再東扯西拉。漢漢總愛嫌我做不好，最後還是會自己來，踩踩、踩踩，然後轉圈圈，再多轉幾圈，像小時候媽媽醃製長年菜，在高及腰部的超級大桶子裡，裝放撒了鹽的芥

菜，然後藉助人的重量，不斷地來回踩踏，壓實了，好準備過冬。漢漢也一樣，踩鬆了，才好睡躺。並且一定還附送給我一大口的嘆氣！狗奴辛酸不過就是在這一嘆之間。

「是怎樣！那你自己鋪好了啊！」我心裡總這樣想。但又能理解，狗族有些動作是源自祖先，至今未變。整理睡床就是一個。野外的樹枝、雜草當克難的睡鋪，或是選一個雜草堆當床，但總有凸起扎刺之處，那就得再壓壓踩踩，求得舒服些。這習慣沿襲至今。管我是不是洗好、弄好，祖先傳承交代下來的儀式，每每還是要乖乖地照做。

還有一個也是祖先傳授的：睡在高處。

曾聽挪威著名動物訓練師吐蕊．魯格斯（Turid Rugaas）說：「狗為什麼喜歡睡沙發，因為勢高。」位居高處，可以嗅聞到遠方傳來味道，好覺察附近所有動靜。或是可以發現牠們喜歡坐在樓梯上。正因此，幫狗備床時，若有架子就放在架上，好符合牠們的習性。吐蕊阿嬤說，若能多幾個睡處，就多準備些，以符合牠隨處睡的積習。所以，多備一個睡墊，並非

無聊沒事找事做，而是貼心地為牠多方設想。也因此，家裡漢漢的睡墊不只一個，共有三個床墊外加一席薄墊，落放在各角落，由他選擇。

吐蕊阿嬤說：「好的睡眠才是狗狗快樂最基本的生活要件。」我們常關心狗的兩餐飲食，或是頭痛如廁的問題，要不就是請教攻擊與吠叫的解決辦法，但誰想過「牠睡得好嗎？」當我們回到家，牠就安心了，一回到家，我們不是該陪牠玩，而是該安靜做事，待牠睡飽補充完電力，起床後再和牠嬉戲！

有一派的狗訓練師認為，狗其實不用睡在睡墊上，席地而睡就可以了，因為牠們天生習慣如此，狗會睡睡墊是因為呼應主人的要求，認為配合你，便能更靠近你。上帝創造狗族，與人成為一家，便給了牠們一個獨特的平整下巴，不管臉多長，這構造都可以讓牠們的頭貼伏在地面上，等候你或觀察你。不管哪種說法，狗兒總是安靜地睡在我們身旁。偶爾，醒來，看著你，「還安在嗎？」然後閉上眼睛又翻身換姿勢，繼續睡。這是多大的信任啊！因為你在，牠才能安穩地好好休息，睡個好覺。

住家附近有商家在門前養一隻哈士奇犬，每回經過看到牠，總是睡在馬路旁，終身鐵鍊不解，感到不忍，在熙來攘往的街頭，是否睡眠充足過？今年冬天，再經過時發現牠被套上口罩，便知牠的生活是承受著多大的壓力。

狗永遠是可愛又忠心的防護天使，我們不在家時，會掛念盼你早點回來；當我們回到家，會熱情地到門口迎接；所以每當我們晚歸時，反而要花更多的時間陪牠，感謝牠整日的等候。

不管漢漢選擇睡在哪一個墊子，或是睡地上，還是沙發上，最愛的總是看著他睡覺，聽他咿啊咿啊地說夢話，他的眼球如人類作夢時會快速地轉動，沒人知道他夢到了什麼？是在追殺獵物，還是與狗朋友玩耍。我在不在他的夢裡不重要，重要的是明白陪在他身邊，讓他安心潛入深藏的異次元世界。

姑姑

把妹妹踢下沙發，是漢漢和妹妹獨有的相處模式，每每在沙發上，漢漢就愛欺負他的姑姑，硬是不留情面地把她踢下椅，或許這是愛的遊戲。

漢漢很喜歡姑姑，喜歡逗她、鬧她，散步時，他倆就常僵持在路口，漢漢執意往西，妹妹卻想左轉往南，最後再繞回家。妹妹總會繩子還沒解下，便氣沖沖地來告狀，我永遠只是大笑，不應話，總當那是漢漢與她之間特有的合作模式。在她的面前，他可以不聽命行事、可以堅持做自己，但偶爾顧及姑姑的面子，聽她使喚，在收與放之間取得愉快的平衡點。

還沒住在一起時，姑姑每個月大概會來看漢漢一、兩次，陪他玩耍，帶他散步，繫綁姑姪情感。以前最喜歡抱怨漢漢總拉著她走，不受控制。記憶中最惹她生氣的一次，是漢漢居然把她一隻人字拖給吃下肚。妹妹怒氣中更多的是著急，畢竟吃進肚子裡的不是件小東西，怎麼咬的、怎麼吃

的，事後回想，還是覺得不可思議。我並沒立刻送醫，想先觀察兩天，看看他的食慾胃口與排便狀況是否有異再做決定。

食慾降低了，晚上有排便，卻沒看到半片拖鞋的身影，但隔天一直沒排便，不禁開始緊張起來。第三天還是沒有排便，才決定帶他去醫院檢查，心想吃瀉藥排個便都好。經X光照影，沒找出怪異處，醫生開立幫助排便的藥，簡單地結束看診。

好玩的我們，心想都已經出門了，就臨時起意中途在士林官邸前停車，來個半日官邸綠野之行。才一下車，漢漢突然蹲下身，大了一坨好大的屎，稀哩嘩啦地不成條形，又驚又喜之餘，還是在路旁找根小木枝，往糞便中，不斷查找，想找出他囫圇吞物的蛛絲馬跡。見到一個藍色的不明小物，這東西的直徑，足夠塞住肛門，堵塞所有的排泄物。無法正常排便的原因找著了，但為何離開醫院後，漢漢才大便，猜想應該是上車出遊，一開心身體跟著躁動，使腸胃隨之蠕動，自然就有了這樣皆大歡喜的結果。漢漢不用吃藥，但還是花了一筆醫藥看診費。

狗嘴賤的事絕對不是一、兩天說得完的，相信家家都有一本經。漢漢曾經吃下父親放在桌上的幾張百元鈔，父親質問是否是漢漢偷食吞下的，我以在台北從沒發生過為由，斷然否認了父親的質疑，但回到台北，他的第一坨屎就隱約可見百元鈔票的特有紅色，夾陷在棕黑色的屎中，懸案豁然破解，事後也沒跟父親說，就當他頑皮，便草草蓋章結案，笑笑收入他的案史檔夾裡。姑姑常看著漢漢，笑他最愛把有價值的東西吃進肚子，他愛姑姑，還會偷打小報告，把我的提款收據咬給姑姑，讓姑姑知道我的存款數字。

漢漢還有個壞習慣，一直到老都沒改變，就是愛吃衛生紙。桌上、手上或路上的，沒有一張一坨被他放過，為什麼獨鍾衛生紙？這沒法兒問個明白，只能自己細想在他幼年時，究竟是哪個關鍵造成他將衛生紙排在他的最愛首位。

有天，下班回到家，發現客廳的正中央躺著半包的衛生紙，不疑有他，順手就將衛生紙放回桌上，隔天下班，衛生紙依舊躺在地板上，只

是已剩空空的塑膠包裝袋，裡頭的紙全被漢漢調皮地一張張地抽出來玩，最後全吞進他的肚子裡了。那時，小拉不拉多犬玩衛生紙的可愛廣告還沒上，漢漢早已當起林家的廣告明星犬。事隔一天，他的屎全是白色摻雜黃汙的衛生紙，還連大了兩天。我沒生氣，只是擔心，又覺得好笑，相較其他人家的狗，吃皮鞋、衣襪，甚至石頭的，漢漢的情況還算正常，不用掛診長期治療，當該慶幸。

提到醫院，漢漢自幼從不抗拒上醫院，甚至把醫院視為遊樂場，去醫院就當出遊，不亦快乎。每次車子行駛快到醫院時，他總是站起身，一副迫不及待的模樣，連進醫院的大門，也是猴急地猛搖尾巴，或許這跟醫師與他相處方式有關，常是問候與撫摸後才進行診療。

三歲前，他的皮膚病沒停過，跑醫院是家常便飯，所幸也不畏懼打針吃藥，倒是量肛溫，他就小有反應，每次插入時，他的動作總告訴我：「怎麼不說一聲，就這麼不禮貌對待我？」但隨後見到其他來院的狗，他又生龍活虎地想跟「狗」們噓寒問暖，儼然一副他是這家醫院的公關狗，

完全不理會醫院其實有隻美短院貓。直到他倒下，病入膏肓，他還是喜孜孜地走進醫院，完全沒見病容的樣子，支撐他的是成為人見人愛的公關狗假象。

他的絕育手術做得晚，進入中年才施行。雖然不是大手術，但還是得全身麻醉，見他一動也不動地躺在手術檯上，四肢任由擺弄，張開綁妥，不免還是會擔心。手術結束，麻醉藥效還未退去，見他軟趴趴無力的模樣，淚水還是順著聲聲的道歉滑落了。不是道歉不該開此刀，而是讓已中年的他多受了苦，我實在是個懦弱的狗爸。

漢漢愛醫院，所以曾有無病住院三天的情況。那次是因為父親過生日，無法開車載著漢漢回家，徵詢醫師後，安排漢漢住院兩晚。他從小到大，沒住過院，就那一回，本想讓他住狗狗旅館，但一次不好的經驗，使我打消再選住其他旅館的想法。以為如此安排，心理將沒負擔，能開心返家為父親祝壽，但還是一路惦記著，雖然不是擔心，但仍承載著一點在意的重量。直到返北，接他回家時，年輕醫師牽著他，他開心得不受控制，

直往我的方向拉跑時，心中的歉意這時急湧而上。

漢漢沒住過院，長大到五個月後，就沒住進鐵籠裡，生活恣意，活動自如，更遑論留宿時，整晚有其他狗因不適的呼叫聲，各種情緒抒發的吠叫聲，這一切多少還是讓漢漢不好受吧！

將回家時，醫師問：「要叫車嗎？」我連忙說：「沒有，先走走。」自己沒說實話，因為想好好陪漢漢，一路走回家。

沒從醫院走回家的經驗，這段路開車至少要十五分鐘的車程，若是步行會需要多久呢？沒多想，趁著秋高氣爽，就從天母一路往南走，跨越基隆河走回大同區的家。順著捷運高架下的步道，沿途可見綠蔭蓊鬱的行道樹，與正逢花期滿開的夾竹桃，粉紫的大花朵，熱鬧地綻放著。走累了，漢漢登上路邊的石椅，坐下來喝口水，要不就趁機與花樹拍照留念，自有一番情趣。我們沒趕時間，不急著走回家，難得有這份閒情逸致，十月莽撞的小遠足，如今憶起，仍是難忘。

開溜

養貓的人開門、出門都得小心翼翼，生怕貓一溜煙就跑出去逛大街，那養狗的呢？好像只要教導過，狗也就似乎懂得哪些是可恣意妄為，哪些又該得謹守分際，完全不容自作主張的。在都市生活，車來人往，危機四伏，貓狗家人不樂見任由狗貓自行出門。曾聽過一個方法是在門扉掛上一串鈴鐺，門旁並放上一個座墊，當有人進門，鈴鐺被敲響時，主人立刻餵貓小零食，一次、兩次，周而復始地訓練，後來，貓看到門開了，鈴鐺響起，牠沒急著溜出去，反倒是趕緊坐在墊子上看著人進出，因為每當鈴鐺響，便代表將有好事發生。漢漢沒被這樣教育過，但只要一拿起牽繩，他就知道要去散步遊樂，若沒牽繩是不能走出大門的，不過，總有幾次他還是頑皮胡鬧。

大概兩歲的時候，漢漢正值年輕氣盛，樣樣都愛向我挑戰，偶爾的不

聽話也是一種相處情趣。某日早上正準備上班，打開大門時，漢漢不同以往，搖著尾巴迎向我走到門口，「是有什麼事要提醒我的嗎？」摸了摸他的臉，輕聲地問：「怎麼啦？」我回頭瞧看客廳，發現沒開電風扇，初夏天氣漸轉熱，得幫他打開電扇，維持房子涼意，於是我才跨前兩步，漢漢見我沒把門關上，便立刻衝了出去，「刷！刷！刷！」他的指甲因快速奔跑而抓扒出開心的聲音，並「汪！汪！」叫了兩聲，這聲是表高興得逞，還是欲邀我一起奔跑，完全不得而知，只是他這一逃跑，可嚇壞我，中、大型犬真要奮力奔跑時，怎麼追也追不上的，於是，我倆上演一場巷弄間人追狗，引人發噱的好戲。

一旦跑出巷子，轉個彎就是寬廣的四線道，深怕他衝入車陣中，發生意外，情急之下，也顧不得左鄰右舍的眼光，不管三七二十一，大喊他的名字：「漢漢！」，聞聲他立刻停住並回頭看了我一眼，見我將追上去之際，又拔腿狂奔，所幸他沒直衝大馬路，一個大轉彎跑上人行道，又正值上班時間，行步匆忙的行人們阻礙他前進，見他停止奔跑，放慢速度，我

才能伸手抓住他。在追到就好的念頭下，我只對漢漢責罵了一句：「不聽話！」就示意要他跟著我回家。

漢漢知道一時的興起遄飛，雖然在短短幾分鐘間就結束了，但他臉上仍掛著盡興的笑容，得意自己突圍成功。不計成敗，不懼危險，就是冒險的精神吧！而冒險犯難的心也只在年輕氣盛時，熱血怦然過。

慌忙之中沒帶出他的胸背帶與牽繩，怕他不時又來個漂亮轉身，輕鬆閃過我，直奔籃下搶分，只好從背後一把抱起漢漢，但已三十公斤的他，抱起來著實吃力了些，還得留意身體很長的他，後腳是否會不小心磨地。剛剛是狗追人，回頭是人抱狗，所幸一切沒有造成小巷窄弄的晨間躁動。

這天漢漢信心十足地衝下樓，但也不是一開始他就敢於上下樓梯。當初社會化訓練時，牽繩帶他出門，希望他自己走下樓，他總是裹足不前地俯瞰著層層的階梯，只會左右左右移動，遲遲不肯走下來。「狗嘛！四隻腳，出門上下樓梯是件再簡單不過的事。」我跟大家一樣，對狗有這樣的既定印象。執意牽他下樓，漢漢抵死不從，我直拉著牽繩，他的身體與我

的力道方向是反方向，拉得越緊，他越是使力往後退。第一次他不願意，便放棄改抱他下樓，第二次、第三次他仍無法自行下樓，只好以蠻力逼迫他，見他踉蹌地下樓，心裡還是不捨，心中自認自己是對的。後來看到一些狗媽媽教導幼犬下樓梯的影片，不見逼迫，全是一階一階地引導。

會下樓了，就得會上樓，漢漢一樣百般不願，只好與他妥協，不用一次爬完，爬兩階是兩階，以打折扣的方式完成進階訓練。第一次養狗的我，沒想過樓梯對稚嫩的幼犬而言可是高山陡坡，他無法去除恐懼的心魔。後與老友Dog老師王昱智熊爸重新聊新手養狗的教育問題，細理慢說主人該注意的行為問題時，過去我的種種愚昧一一都重新浮現。

與熊爸超過十年的合作，每週固定約十分鐘的「好狗狗講座」單元，暢談犬隻教育訓練的話題，超過十年的默契，談論時總是歡笑不斷，自娛也娛人，因為想讓聽眾在愉悅的收聽中，理解狗行為及其教育訓練，所以交談著重在輕鬆詼諧，但畢竟已合作十年之久，為何話題仍可源源不絕，從未間斷，也著實讓我們吃驚。在二〇一六年，重談新手養狗要懂得的狗

行為教育，就談到狗第一次步出家門時，家人應要學會的事，看似非常簡單的「第一跨」，卻還是花了一集，且還未談及上下樓梯與搭乘電梯該注意的事項。

「第一步跨出門不是立刻帶牠去散步，而是得先看牠步出家門後，是否依然自在？不要急著下樓，可以先讓狗適應大門外的小世界。」熊爸語重心長地說著。他建議家人試著把盛了一點食物的飯碗放在門外，如果狗願意在門外吃飯，就代表牠很安心，面對陌生環境不會感到緊張，也可以透過遊戲與鼓勵，引導幼犬上下樓梯。這樣極緩慢的教育方式，部分狗家人常沒有耐心等待成效，無法耗時陪狗適應。我們一刻也不能等，不等牠慢慢長大，漸漸適應，壓根兒忘了狗每天等你回家，一等就是十個小時，一眨眼，也就過了十年。無心等待一時半刻，多半都是如熱鍋上的螞蟻，此刻回想，好生難過。嬰孩成長至一歲，才蹣跚學走，但對三週大就會行走移動的幼犬，在兩、三個月大的時候，就要學會上下樓梯，似乎苛刻了點？

洗澡記

不透明的白色塑膠片在牠的頸子上，繞了一圈。牽著牠，走在騎樓下，塑膠片擋住了視線，幾乎看不到牠的頭。牠叫美麗，而那個白色使牠不美麗的塑膠片，在狗貓界卻有個華麗的名字，叫伊莉莎白項圈，因為像極了伊莉莎白一世的襞襟而取其名，十六、十七世紀時，歐洲上流社會都流行穿戴此物，一開始只是因為怕弄髒了衣領，後來倒成了裝飾性的領襟。王公貴族們絕無法想像，幾世紀之後，流行轉為穿戴在狗貓的身上了。只是不見端莊華貴，反多了點似小丑穿扮的違和感。這是為了避免犬貓舔咬造成傷口不易癒合而圍的，所以，常看到牠們的脖子上，就圍上了一圈極不舒服又盡顯障礙的醫護用品。

朋友因趕著上班，沒法帶美麗去美容院，就請我先帶牠去醫院附設的美容院，或許是美麗既有的習慣，一路上用味覺記憶地面傳遞給牠的鮮活

味道，像童話故事《糖果屋》中的兄妹，故意沿路遺留麵包塊、小石頭好可以找到回家的路般，那味道也是條指引回家路途的線索。雖然，我不是那可怕的繼母，但我這個陌生人從車子裡一把抱起，對牠而言，也還是受到驚嚇吧！為了讓牠情緒和緩，就放牠在地牽著走，走到牠熟悉的醫院。美麗帶著我走過診療間的走道，推開木門，一架生冷的不銹鋼桌子擺在狹窄浴洗室正中間，一旁有八個不銹鋼籠，有兩隻狗正待在籠內，可能是因為狗狗的歡迎叫聲，美容師從牆壁後方探出頭來問：「有預約嗎？」塑膠手套配上塑膠圍裙，再美麗和藹的女生也會被這套穿著遮掩住了親和感。我納悶朋友不是沒錢，為何要選這間狹小擁擠的美容室。絕大多數的飼主都是經濟考量，而美麗的媽媽就只圖方便吧！

準備養漢漢時，洗澡美容費用經預先計算過，一隻大型犬洗個澡至少一千元，若每個禮拜都送洗，那就至少得花掉四千元，還不包括醫藥、食物等費用，薪水不高的我當時就下定決心，自己洗。天真地以為幫狗洗澡非件難事，怎知後來發生洗澡不慎，水沖進了耳朵，導致耳炎；狗毛沒吹

乾，引發嚴重濕疹。隨著他體型迅速變大，洗澡從原本的一小時不到，演變成得花上兩、三個小時，才能大功告成，還他一個乾爽沒狗味，人見人愛的可愛模樣。因為太耗時，洗澡就常排在唯一的放假日，每個星期天全給了漢漢。

洗澡前先散步，因為弄髒了身體也不在意，回到家開始沖水打溼、抹皂按抓，好不快樂。兩回步驟後，他累了，我也累了，還得趕緊吹乾他惱人難乾的狗毛。不是專業美容師，沒檯子，也沒吹水機，我倆就趴跪在地上，拿著梳子一區一區地吹，任勞不任怨。不喜歡水的漢漢，從浴室滴滴答答地走出來，先是抖毛，把身上的水使勁甩掉，全身無處沒甩晃到，地上、牆上都是他甩落的一大攤水，來不及閃遠的我也跟著濕透了。沒空先處理地面和牆上的水，就拿先備好的三條吸水大浴巾，在他的身上努力吸乾餘水，而後才用浴巾擦拭滴流在地上的水灘。當他洗完澡也吹乾了毛，換我清理他居住的客廳，早已沒住籠子的他，我也省力不用擦理。但洗曬床墊，吸塵與拖淨地板，無一不役。最後，早已滿身大汗的我得沐浴更

衣。星期天常常就這樣消耗了大半光陰，後來發現，狗不用每週洗澡，就給了自己一個藉口，雙週洗澡，多了一個週日的悠閒。

然而，總有沒空的時候。有次聽說，住家附近開了間自助洗的狗美容店，號稱可以將洗毛精分解得更細小，在沖洗狗狗時，可以將髒污和皮質屑清洗得更乾淨。因此我倆興沖沖地到店消費，或許漢漢天生不是貴公子命，請他待在不銹鋼大浴缸裡，他不適應地亟欲爬出，不想杵在那兒受折磨，又逼又勸地清洗完了，將他抱進烘乾箱裡，大且封閉的箱子，熱風隨著巨大的運轉聲，使力地吹乾他的毛，蹲在風箱前的我，隔著玻璃知道他不開心，避免他害怕，就蹲著陪他吹乾。等最後的吹整梳理完成，我帶他逃離美容中心。心中明白，不會再帶他來了。

當然，主人的自私不會因為一次的掃興而不再犯。又有一回，實在太忙沒空幫漢漢洗澡，將近四週沒洗澡了，我們雖然不在意，但心中總介懷，於是帶他就近去一般的美容院，早上上班時先牽他去，等下班後再牽已洗乾淨的漢漢回家。心裡還想，乾乾淨淨，香噴噴地走回家，心情一定

也會跟著愉快。但這天上班上得心神不寧，到底是把漢漢長時間交給了陌生人，擔心擱在心頭上，下班時間一到，便匆忙離開接他回家。漢漢無異狀開心地跟我回家。但回到家，端水給他喝，竟喝掉了兩大盆的水，口渴極了。知道自己又做錯了選擇。

基於彌補心理，於是到一家非常高檔的美容院。狗族對新鮮事總熱衷不懈，覺得帶他見見世面也好，讓他也能享受極佳的照顧。於是砸錢帶他去知名的狗美容中心洗澡與剪毛。一整面的落地玻璃，彷彿是仁愛路、中山北路的精品店，讓人不敢推門進入，因為已預約了，只好硬著頭皮進入，空間的陳設與味道，在一推開門，便感受到與其他美容院的不同處。進門時，服務人員還主動與漢漢打招呼。當時，真有父憑子貴的莫名驕傲感，才明白原來許多家長帶著孩子進高級名店消費，不全是為了孩子，一部分是為了滿足自己的虛榮心。當時還不流行美容室裝設透明玻璃，服務可一覽無遺，那間店就已讓狗狗們全站上檯子，隔著玻璃可見狗以優雅的姿態站著，任人修整，不見毛孩子的毛躁毛氣。

將漢漢交給美容師後，決定去喝杯咖啡，短暫的喘息時光，悠閒地散步在林蔭間，好心情讓自己認為應該都大老遠地送漢漢來美容整理，漢漢備受禮遇，我自己身心也受療癒。回到美容中心，漢漢真如紳士般站在檯子上，做最後修剪。因夏天到了，也聽從醫生的建議，剃短了他的毛，怕他不適應，怕他嫌醜難受，等他一走出美容室，立刻報以稱讚。只是當結帳時，美容師不經意地說：「漢漢很皮耶！洗澡時不受控制。」或許美容師只是說了真話，藉以表達她的親善不隱諱，但聽在我的耳裡可是刺耳，一、兩歲的孩子誰不是血氣方剛頑皮好動呢？謝過了她們後，走在人行道上，我跟漢漢說：「你是全世界最乖的狗狗對不對！」我不過只是一個想疼愛自己孩子的爸爸而已。

魔術師

漢漢不是一個當演員的料。不會表演裝死、不會藏住情緒、不會虛情假意，在贏得帥氣或好可愛的稱讚後，就會搖著尾巴開心離開，不跟你繼續虛應故事。也不會演內心戲，幾乎沒聽過他哭，但他一哭，心就像沾上魔鬼氈完全給黏住了，撕開，那不捨成了劈哩啪啦的撕扯聲，根本藏不住。

他是個魔術師，會無中生有，表演龍吐珠。

每到星期假日，就會一起走到河堤散步，常常一晃就是一個多小時才回家，沿著基隆河，見水鷺佇足，賞鷺鳥低飛，偶爾還會遇到明星騎車、慢跑，甚至還未公開的藝人情侶包得密不透風騎自行車遊河，好不愜意，都是好風景之一。河堤除了可以快走、慢跑運動健身，還有人來此練習揮打高爾夫。有次散步回到家，門才一關，一顆小白球就從漢漢的口中滑落

下來，球掉落在地板上，「咕咚！咕咚！咕咚！」地發出實心且有重量的聲音。不知他何時偷撿的小白球，一路含藏在嘴裡，不讓我發現。這技法不只發生一次，但他的繩子也從沒解開，難不成他是個魔術師！

有人在河邊練習揮打小白球，不平坦的草地上，連走路都容易被絆倒，球也很容易跳離到不易找著的小坑洞裡，最後就被嗅覺靈敏的漢漢所發「掘」。如果路邊沒有顯見可直接拾獲的小白球，他就會自己挖，雖然不准他在泥巴裡打混仗，但挖洞掘土、貼地搔癢倒是可放行，哪隻狗不愛挖洞、遺留味道呢？如果發現小白球挖不出來，他便會抬頭看我，要我協助。

「我是桿弟，是吧！」幽了自己一默後，完成他的要求，但我「桿」之如飴。只是不解高爾夫球難道有味道？為何可以讓漢漢輕易找著？

在半封閉的綠園籬中，我們常趁四下無人之際，鬆開繩子玩起我丟你撿的遊戲，漢漢的耐性不高，年輕時，六、七回後就開始分心，等他嘴鬚花白了，兩次就喊停休息，來回的次數變少，也變得不愛跑了，就只好跟

他說：「好吧！去散步吧！」然後扣上牽繩，結束遊戲。他總是乖乖地站好，等我牽起牽繩。

也愛跟他玩捉迷藏，一人一狗，沒有誰當鬼，趁他挺身往前走時，閃躲在橋墩後方，小心探頭見他是否在尋我，喜歡見他猛然回頭，發現我不在身後的慌張模樣，心一慌地往回跑，發現正躲在墩柱下的我，他總是既生氣又開心。次數多了，連他自己也覺得好玩，但我們也僅限在某一個半封閉的地方玩捉迷藏。一開始以為只是我們之間的無聊互動，後來才發現幾位犬隻訓練師都推薦這項遊戲，在安全的環境裡，透過捉迷藏增進彼此依賴感，也可幫助訓練召回。讓相互的倚賴關係在陣陣笑聲中，建立並深植。每次的互動嬉戲，讓信賴像營釘搥得更深，牢固難拔。

國際犬類行為大師約翰．羅傑森（John Rogerson）接受我的專訪時就感慨，現在的主人已經不會跟狗玩遊戲了，因為我們習慣以食物、零食引導狗，忘了還有其他遊戲或方式可以與牠互動。互動的方式其中之一是遛狗，讓牠跟著你，注意你，允許牠到處嗅聞，抒發壓力，讓牠有機會認識

其他狗，建構較完整的社會化。牠們天性愛玩，就和牠在廣闊的戶外盡情遊樂，區別室外與家裡的不同，在家時不玩遊戲，讓牠更期待每一次的出門時光。那在家裡要幹嘛？撫摸、說話與陪伴就好。

愛的角度

總有一部會讓你在電影院裡，哭得死去活來，卻又無法嚎啕大哭，不能哭出聲音，痛苦極了的電影。《忠犬小八》對我而言，就是這樣的電影。

電影是從一個小男孩在課堂上說及他的英雄是隻名為小八的狗開始。一隻秋田幼犬小八從日本的寺院運送到美國，途中，鏡頭開始用小八的角度看外面的世界，牠所見的世界是黑白的，彩色與黑白的影像在螢幕上交叉變換，人的世界與牠的視野，剪接轉換中，試圖帶領觀眾看一部用狗的角度說故事的電影。

小八不小心被遺落在車站，正慌張失措時，看見一個人的腳向牠走來，牠坐下，仰起頭，看到帕克的臉，帕克彎腰對牠說：「嘿！小子，你迷路了啊？」那時，車站雜沓的人聲似乎都被隔絕在外，小八只聽到這句話，就此認定他是一輩子要相隨的人。於是電影開演還不到三分鐘，我就

開始哽咽落淚，一直到最後，久久不能自已。因為自己也曾那樣蹲低著身子，試圖用黑白影像拍下漢漢眼裡的世界。

蹲低拍落地窗，想知道為什麼漢漢會在那裡尿尿；蹲低拍桌下，想瞭解為什麼他每遇到害怕的事，包括我大怒時，總會畏縮於桌下；蹲低拍書櫃，想明白他為什麼喜歡窩在一格一格的書櫃中，啃咬著書櫃隔層與精裝厚書，甚至咬爛他的醫師的著作……，想知道他的世界，於是曾經那樣拍攝著，佯裝是他的眼，看他所見。

卻忘了拍，他是怎麼看我的。

如果我們的大腦裡，有個關於愛的檔案，那應該會是一張張，存藏著所愛的人的影像與照片吧！媽媽的背頸、爸爸的大手、初戀男友的背影、女友的嘴角……都是因為我們深愛著對方，於是仰望、低頭，於是依靠、信賴，各個角度都是記憶著愛。

電影裡，多次出現小八從木屋的細縫，看望著白色大房子裡帕克的身影，那是一個愛的角度，也是不斷地期待與失望的視角。

在二〇一五年悶熱的夏天，南海藝廊有個別開生面的展覽：「喵視界影像特展——我家有隻攝影貓」，由貓執掌鏡頭，看到牠們關注的世界，用不同角度審視同牠生活的層層面面。很感傷的是，由此我們這才發現牠們深愛我們的事實。

有一家人在貓的脖子掛上一具小相機，隨時記錄牠的生活點滴，結果發現，鏡頭常關注一個人，居高處注意著她，觀察她的一舉一動，她是這家人的幫傭。幫傭每天會照顧貓，給牠食物和飲水，甚至清換貓砂。對貓咪而言，牠愛她超過其他家人。如果也給狗裝上一台小相機，那麼在路邊遛狗的幫傭，應該也會是狗狗最在意的人吧？在牠們簡單的世界裡，最愛的人就是一直陪伴牠的那個人。

我們沒有像小八一樣的狗，固定每日下午五點準時守候在車站前，等你同路回家，但牠一定會在家裡等你，等候你返家的時間，仔細辨聽鑰匙、停車的聲音，直到你開門那刻，熱烈歡迎你回家。

《忠犬小八》中有一段情節，是小八感應到帕克今天會有大劫，牠試

圖耽誤主人出門，甚至咬起球，做牠從不願意做的事，希望藉此牽絆住帕克。當時心想：我最害怕的不是有天漢漢走了，而是萬一哪天我先走了，那他怎麼辦？

以前認為，如果愛沒這麼長，那就不要養；如果心沒那麼寬，那也不要養。但我們還是養了，應該是相信此生的相遇是命中注定的，所以我們更該把愛拉得更長，把心放得更寬，與牠一起用燦爛的笑容度過每一天。別忘了，牠每天的開始，是從你下班回到家後的那一刻，才開始起算。

《忠犬小八》是取自日本三〇年代真實的故事。忠犬八公過世八十年後，二〇一五年牠和主人上野英三郎教授終於團聚，上野教授生前任教於東京大學農學院的師生，眾人集資在校區一隅打造八公和主人重逢的銅像。那座雕像就像電影最後一幕，小八跳起，並趴站在帕克的身上，幸福聚首。

電影裡的小男孩，最後為「英雄」下一個定義——不要忘記你所愛的人。請也告訴自己，勿忘愛的初衷。

開車回家

大學畢業證書故意慢繳。預期自己會比其他應屆畢業生晚個一、兩梯，距離入伍可能多出一、兩個月的空閒時間，決定去學開車，怎麼樣也沒想到有天會開車載狗。

浩瀚的太平洋旁，陡峭的斷崖自海平面陡直地拔起，海與山接觸之處是力量十足、永不歇止的白白浪花。山腰畫起了一條曲曲折折的白線，我們路經那彎曲的白線，一刻也不想停留，前方的遊覽車因彎道，車身傾斜得讓車頂幾乎要擦碰到山壁，跟在後面的我放慢車速，想遠離危險。因為車上還有漢漢。

蘇花公路的風景可分幾段，首先是漢漢坐車的一個多小時，可能會暈車、嘔吐；接著是穿過綠色樟樹隧道，就是筆直的道路，附近民家變得熱鬧了，看看漢漢要不要下車走走；再來是穿過幾條隧道後豁然開朗之勢，

這時已經進入花蓮縣，等一下要在一個小徑轉彎，轉入我和漢漢的秘密海灘。沒想到，有了狗之後，路段分法有所不同，景致也因為漢漢有了不同的詮釋。

在5號高速公路還未開通前，載著漢漢的返家之路是得行經北宜，九彎十八拐，蜿蜒得以為陷入迷陣永遠出不去。狗會暈車，漢漢也會，幾次坐車嘔吐的經驗並沒讓他對這龐然方塊感到畏懼，每次要回家，他總是早早就知道了，還沒出門，就開始興奮並等待；還沒過馬路，他便急著找車。只記得他熱切期待的模樣，怎麼也想不起來當年蜿蜒馳車北宜公路時，漢漢是在哪一段路開始暈吐的。

不讓狗暈車的方法和人不暈車的方式一樣，看遠方。打開車窗，讓蘇澳山谷清淨的微風驅散漢漢的暈眩，要進隧道了，總會看著後照鏡說：「漢漢，要關窗囉！」再一點一點地將車窗拉上。後來朋友車子的右後窗壞了，不能下落開啟，我們屢開時闔造成的嫌疑比較大！

按下車窗，風強勢灌入。漢漢的毛隨著風飄著，本是容易掉落的毛就

在車上旋飛，苦惱不知如何清理的念頭只一瞬間就雲散消失，因為他看著遠方或來車的表情總吸引著我，那些小事等歸還車子時再說吧！

紅燈，並列暫停的車內乘客，若見到漢漢，常常就是：「哈囉！狗狗。」有時還給他一個名字叫小黃。我想那時的他一定又在驕傲自己的帥氣吧。

黃金花海

這條山路不好走。雖然來此的多半是因為到了花開的季節，屆時觀光客將絡繹不絕上山，不過這條通往天空之城的道路，只是比產業道路再寬一點而已，兩車交會都得禮讓，緩慢地行進才得以安全通過。

在花蓮有兩個彷如天空之城的美麗山丘，一個是六十石山，另一個在其北邊的赤柯山。主要栽種八、九月夏季限定綻放的金針花，地毯式的花海沿著山線延伸，每年夏天吸引了不畏山路難行的遊客。不畏，恐是不知路況者較多，不知往美麗天空之城的道路是如此羊腸小徑。

六十石山，一聽其名就無法忘記。有文記載，日本殖民統治時期，這裡曾廣種稻穀，山下一甲土地約可收割約四、五十石，但在這裡，一甲稻米田可以收成達六十石，可見這裡的土壤曾是多麼豐饒。民眾喜愛六十石山的寬闊之美，陽光自雲間透出，澤披在布滿金黃色與夏綠色交錯的丘陵

地上，大家喜稱這是上帝的光。來到這裡，拍照的手沒停過，曾帶父親一遊，那時父親步伐尚穩健，登上巨石旁的小亭眺望起伏的金針花田，父親不吝讚嘆，連連稱美。

六十石山很美，但我獨鍾赤柯山，觀光客較少，路也顯窄，人稱有小瑞士之美，不解這美稱從何而來。總不解一人一物的美麗，為何必須仿上他人的模樣，冠以「小」字，這一輩子永遠就是小，無法扶正，無法讓人見知它的獨特，小瑞士這稱讚既不實也不華。身居其中，雖無法像六十石山可俯瞰花東縱谷，讓心胸隨之開闊，也正因為小巧，反顯出這裡趣味盎然。赤柯山因日據時期，產赤柯樹，日本人愛其堅硬的木質，砍伐下山運至日本，只是這木材不如台灣其他木種可當神社或鳥居的建材，鞏固人們對神祇的信仰，反製作成槍托，無辜地成了二次大戰的犧牲者。

光復後，漢人移入，在此開墾種植花生、地瓜、玉米等糧作，使赤柯山增添了生活的多樣貌，如今還有種茶、栽竹，依著生活的必需而種植不同的作物，不再單一化。這裡不是一望無際的寬闊，反見到景色的多變

化，在一爬高或轉個彎，眼前的風景就是不同形面。因保有山林自然原貌與縱谷地形之故，幾次到訪都巧遇大霧或細雨，使我見到了赤柯山的羞赧之美。

開車載著漢漢，不疾不徐地上山，到山之頂，見到幾隻流浪犬徘徊於村落的入口處，我想是因入村或離開的人會留下一些食物，使牠們選擇待在這裡吧！找到可停車的地方，便牽下漢漢走上金針花田的田埂小徑。那年，他還是個年輕氣盛的小伙子，難以控制，一個故意轉身就闖入農家的金針花田，為避免災區擴大，得強拉他原路走回，但若能控制他，就不是小伙子了。走出花田，他的身上及臉上撲滿金黃色的花粉，像是偷吃糖的小孩，臉與手上沾滿了糖粉，怎麼拍也拍不乾淨。見他窘樣，我們快意大笑，知道自己被人取樂了，為化解尷尬，他奮力抖毛，連著嘴皮、耳朵跟隨著身體轉勢拍抖，啪啦啪啦，啪啦啪啦地擊響著。

赤柯山比六十石山高，也因不如其平坦遼闊，山嵐常籠罩，形成一特

殊山景，瞬息萬變。那日中午時分到訪，天氣仍晴朗，到了下午，天空突然下起雨來了。趕緊跑入車子躲雨，見雨勢暫時不會轉緩，只好草草結束下山，但車子行經附有簡易民宿的餐廳時，決定詢問是否可以帶狗進入，不急趕著回家，沒想到老闆娘毫不猶豫便說可以。狗總是有辦法擄掠人類的芳心，畢竟牠們在萬年前就從野狗轉入人家，與人類共同生活，早已學會並傳承如何觀察並擄獲人類心底的惻隱、憐愛之心。老闆娘特喜歡漢漢，又是抱抱，又是親親的，十分熱情。

雨停了，我們告別老闆娘離開赤柯山，臨行前，老闆娘想與漢漢拍照留念，但心性仍不定的他，請他同意還是耗了點時間，老闆娘抱著漢漢說：「要再來喔！」

車子順著路下坡，大雨退去後，山嵐不動聲色地快速接手佔據，遊人早在大雨來時駛離赤柯山，起伏的小路只有我們一部銀色的車子，在綠林、白霧、金黃色的金針花間，從容地穿越。何時會再來呢？山嵐再起時吧！

生日快樂

漢漢四歲的時候，為他辦首場的慶生會。邀請他的乾媽和妹妹一起到公園的草地上開心慶祝，沒有氣球，也沒有鋪墊，只訂了一個專為他準備的蛋糕。因為賣家號稱，人和狗都可以食用的蛋糕，於是興高采烈地預訂了。那年，台北開始流行狗可食的蛋糕，看到有強調連人也會喜歡吃的狗蛋糕，就趁漢漢生日藉機買來嚐鮮。

白色極簡的紙盒，繫上金色的緞帶，裡頭盛著圓形的起司蛋糕，蛋糕上面沒有複雜裝飾，只簡單擺上一隻黃金獵犬身形的餅乾，及幾顆小藍莓。為顯慎重，在吃掉那塊餅乾之前，還先抓準角度，拍下漢漢看著狗餅乾的照片留作紀念。至於蛋糕，漢漢是在狼吞虎嚥中，迅雷不及掩耳地解決了兩塊。美味嗎？這恐怕不是他所在意的，他在意的是能吃到我手上那看起來很好吃的東西，成功掠奪才是讓他心滿意足的原因。告訴漢漢：

「沒有了，你吃光光了。」請他放棄後，我們才能不疾不徐地分享帶點蜂蜜香甜味道的「狗蛋糕」。

一月十六日是漢漢的生日，就如身邊的魔羯座朋友，漢漢沉默、平淡，對生活沒特別的要求。說來慚愧，捧著蛋糕為他慶生的次數，屈指可數，有一次還是快過了十二點，半夜臨時去超商買的小海綿蛋糕充數。很多年就只是跟他說「生日快樂！」、「爹地好愛你喔！」附上臉頰的親親，簡單略帶敷衍。狗貓過生日沒有傳統母難日之說，認為誕生是經過母親極大的苦難，帶點誡世的意義；也不遵從西方所謂生日是慶祝一新生命的到來，強調彼此歡樂與相互擁抱的日子。狗貓過生日，純是為發抒主人興致的成分比較高，沒這麼多道理可說。想想與其慶祝牠們生日，是否更該紀念牠們進入我們生活那天，還來得更有意義呢？尤其是那些父母不詳的流浪犬貓。

在漢漢十二歲生日時，為他準備的是有特殊造型的糖霜蛋糕，因糖霜

可塑形出各種造型，於是預定時託咐了一些事，等送達時，盒子一打開，我們都驚呼了，連漢漢都忍不住把頭擠進我們的空隙之中，想一探究竟。淡黃色的蛋糕上坐著一隻黃金獵犬，頭戴著耳機，手拿著一顆白球，狗狗的身邊還畫上了幾個黑色的音符。頭戴耳機，是因為漢漢必聽我主持的廣播節目，白球則是因為漢漢喜歡高爾夫小白球，只是在蛋糕上的白球成了顆大壘球，球若搓得太小，恐怕也無法凸顯那是顆球。蛋糕的邊緣，寫上BACKHAM——漢漢的英文名字，仔細一瞧，名字拼錯了，但仍瑕不掩瑜，完全不影響我們的興奮之情。捧著蛋糕想先與漢漢合照，無奈他急著吃，試拍了幾張，畫面都歪斜，無法正經地合影。漢漢急切想吃，居然很難得地腹部朝上，翻肚娛親，留下他與蛋糕開心合照的身影。

吹熄蠟燭前，先要許三個心願，我代漢漢許：第一個願望是健健康康，第二個願望還是健健康康，第三個心願是老爹變很有錢！妹妹和乾媽當場憤指我：「圖私！」

一路往南

載著漢漢拜訪春天。原本只想拍張與油菜花田的合照就好，怎知車子一開就開到台東了。

台9線在花蓮的路段，隨著縱谷的窄長，毫不猶豫地往台東方向，一條線筆直地畫下去，連旁出的道路都不易干擾駕駛，一逕心無旁鶩直往南向駛去。大年初三的早上，人車不多，可能是外地遊玩的觀光客要待到初四才會絡繹遊訪，於是我們一路順暢往南走，沿途沒想停車，直開到大農大富平地森林園區。平地森林在海岸山脈與中央山脈間，側躺出一塊平坦的土地，林務局發奇想地在這兒種出一大片森林。

過了光復，接近大富之前，會遇到條叉路，標示就毫不引人注意地立在路旁，若右轉往山裡走，便可到大興村。以前當兵休假往返玉里營區時必經此地，但從沒好奇山腳下是什麼樣的自然景致，直到二〇〇一年，

桃芝颱風的超級豪大雨，引發山區土石流，大量土石沖毀了大興部落，造成超過四十多人死亡，當時為救助村民的兩位阿美族警察，因此犧牲性命的新聞，至今深刻記憶。因為早年的濫伐濫墾，導致後來的天崩地裂，災難過後十年，在受災部落的下游、谷口的下方，林務局規劃出這片平地森林，與之比鄰，比村落的紀念公園更來得警惕世人。

平地森林地幅遼廣，聽說擁有如四十八座大安森林公園的面積，這看似無法想像的廣闊，若擱放在縱谷中，好像又嫌小了。順著入口指標的指引，我們直接到達服務中心前的圖騰花海區。刻意拼出的花海，沒法讓人驚豔，但黃澄澄的油菜花田，以聳峙山綠的中央山脈為背景，倒成了極美的人間仙境，妹妹用手機拍下我和漢漢居遊花田中的背影。照片中，四下無人，我倆正相伴往山的方向走去，彼此似乎無對話，只有緘默的背影，但又彼此心領神會，不須多言。只是當日，冬陽暖和，聽到一位來此賞花的遊客見漢漢豐厚的毛，悠悠地說了：「好熱喔！」也許說者無心，卻壞了我們的遊興。我們常容易因當下所見，便輕率地脫口表達自己的看法，

但不知其中原委。狗毛不只是為了帥氣美麗而存在，其具有防曬與排熱的效果，濃密的披毛不簇熱，又可擋住紫外線直射的傷害。到了夏天，常見狗爸、狗媽們就將狗毛剃光，認為這樣比較涼爽，但原本保護牠們不容易受寄生蟲、蚊蟲螫咬與陽光灼傷的毛髮沒了，一舉便將牠們陷入沒有被保護的危險之中。

這一掃興之後，我們先在樹下稍作休息，取出漢漢紅色的塑膠水碗，替他補充水分，便悻悻然地上車離開。但不甘就此筆直地開出森林園區，便轉行往園區內的南環道。環道分南北，北環道的兩旁，種的是杜英，聽說到了秋天，綠葉會轉紅，秋意染滿枝頭。而我們行經的南環道，兩側則是台灣欒樹，此時並非開花結果的季節，落葉更顯樹木的卓立清孤，蒼涼地在此群聚，但不見凋敗。打開車窗，發現車外的溫度比在花海區還低許多，遠方雉雞啼叫：「哥！哥！哥！哥！」以為牠在尋郎兒，然心知這引吭高叫的是公雉，牠是為繁衍後代發出的啼叫聲，並非為招引男兒郎。

車子開得極緩慢，不驚擾森林裡的寂靜，漢漢的頭大喇喇地探出車

窗，微風吹拂著他的臉，妹妹從前座回頭拍他享受風吹的模樣，意外拍到他吐著舌頭，瞇著眼開心極了的表情。

因為已是午飯時間，我們決定直驅玉里，來碗樸實有味的玉里麵。沒選在大馬路旁的玉里麵店，而是在一木造平房的老店坐下，店外擺了幾張桌椅，也方便兩人一狗的我們在此吃食，不影響他人用餐。雖然午後天氣漸轉陰雲，但還是有點悶熱，顧及漢漢，匆忙吃完麵，便離開玉里，不久留。

既然都已行至玉里，我們決定取道玉長公路，穿越海岸山脈，北行海岸公路。行過安通溫泉後，蜿蜒上山，穿過隧道，再沿著低矮邊坡前行，眼前那片風景突然由綠轉藍，帶點雜灰不明亮的藍色大海橫亙在眼前，車子依紅燈指示，暫停在南北橫向的台11線前。右轉可至台東成功鎮吃海鮮，左轉則經台東長濱鄉返回花蓮，一左一右，抓握方向盤，一個大轉，繼續駛向未知的風景。

清晨鯉魚潭

在清晨時分，天剛亮時，我們來到鯉魚潭。

那是離家不到十五分鐘車程距離的地方。對於「出去玩」，漢漢總是興高采烈，每當拿起胸背帶，他就知道要出去玩了，輕快跳躍並轉圈圈是他跳舞的招牌動作，可能就愛那樣的他，愛帶他出去，即使只是散步，都是我們最快樂的時光，他雖然不會像YouTube上，會跟著主人的指令跳舞，那麼令人賞心悅目，但漢漢有如撒花般，降飄斑斕喜悅的「腳」舞足蹈，我便滿足了。

對狗跟對孩子的期盼，我們都一樣，牠快樂就好！「多學了什麼？」終究是多了一個「多」字。每當牠多學得了一項，不就是想討你開心，但牠自己開心嗎？羨慕別的毛小孩會合手祈禱、會跟著音樂跳舞、會跳圈圈，漢漢沒一個會的，但他知道如何透過握手，要求我，懇求我，那就足

狗了。

人，這種物種很奇怪，愛握手。「握手！」見狗就愛喊這句，不管認識不認識，狗若不會握手，或是不願與你握手，就認為這隻狗基本的討好行為沒教好，一副很驚訝，不可思議地說：「你不會喔！」還拉高尾音，生怕狗沒聽出你的狐疑。殊不知狗從抬手發展出與人握手，是源自牠的要求，要求你做這做那，表達一種委婉的命令。當牠會握手，你開心，牠卻可能納悶：人類真怪，被命令了還開心異常。每天還會要玩一兩回。一開始牠們樂於指揮，但後來牠嫌沒變化、沒獎賞，無趣極了，握手就變得心不甘情不願之舉。

打開門，無法輕鬆跳上車的漢漢，已需要我推著他的屁股，助他一臂之力爬上後座，繫上他專用的鮮黃色安全帶。

「出發！」沒錢買車，開車出去玩就是要回花蓮老家的時候，帶他一同返家。「去看爺爺喔！」、「有沒有想念爺爺？」我總這樣說。希望爺

爺成了他心裡的Google Map的快樂目的地，不須指引。

清晨，妹妹睡正熟時，我們出門去鯉魚潭走走。這時花蓮縱谷早已染上絲質般的溫柔陽光，還不想叫醒人，所以不見透亮，但鳥兒早已甦醒，更別說常叫錯時間的家雞，咕咕咕啼。當我們到達鯉魚潭，發現晨光尚未爬過鯉魚山，墨綠色的陰影仍在半山腰與潭面上來不及收疊。這裡的時間比山路外的縱谷硬是慢了些。

開了車門，就任漢漢跑向潭邊。金黃色鬃鬃的尾巴隨著他搖擺的屁股，節奏相仿地擺動。跑遠了，就叫他：「漢漢！」他知召喚，這已十年的呼喚，從不願理會到立耳在意，至今會停下腳步，見你跟上沒。但也不見得每回呼叫，他必然奔回，除非喊說：「過來！」

陽光尚未使力，空氣中仍帶點潮濕的味道。漢漢見我走太慢，決定坐下等我，而我拿起相機拍下這一刻。一隻挺著身子坐在木道上的黃金老犬。漢漢想走下木棧道，因為有一位釣者早早來此等魚上鉤，為避免驚擾

釣者，趕緊拉住漢漢繫上牽繩，往反方向移動。路走遠走近不重要，與他在一起，風景都只是其次了。

準備返家時，回頭望山，墨綠的山已轉橄欖帶點青翠，潭面上的煙嵐也已消失。低頭說：「上車吧！漢漢，我們回家。」

彩虹下的幸福

因為要報名廣播金鐘獎，找出過去一整年的節目側錄，報名規定要提出十七集的節目音檔，循聲整理，才重拾某段訪問。

這段側錄內容是訪問鄧九雲。她因想幫助流浪動物，出版了一本很精緻的卡片書，藉機邀訪，請她分享她的創作。那次的訪問因她的健談與不保留，相談甚歡，甚至犧牲節目最後的固定單元。

某天傍晚，她帶著狗慢跑。她跑得非常慢，她形容是比走路再快一點而已，但狗狗依舊沒跟上。於是，停了下來回頭等牠，狗見狀開心地加速奔向她。那時，逆著光，看著夕陽的餘暉反映在披毛上，這一刻她好感動。因為狗一心一意、心無旁騖地愛著她，即使相隔力有不及的距離，更使他們心繫彼此。

某日暑氣蒸溽，一樣近黃昏時分，牽著漢漢沿著河岸車道散步至大直河濱公園。這段路在花博開展前，原僅有單車騎士可禮貌性交錯的安全寬度，若稍有放肆粗心就將導致另一方危險。當時，河堤圍牆爬滿了藤蔓，到了春夏之際，綠意布滿，多久的時間才讓這片綠佔滿整座圍牆？路的另一邊則是雜草叢生的河岸，從未除草整理，正因如此，即使在夏天高溫燠熱中，和漢漢走過，也不覺得酷熱難耐，反倒綠色小徑讓視覺感官減少了燥熱，而多了些許晃晃悠悠的涼意。怎奈好景不常，那片自然快活的綠意不再，換來四輪轎車可從容雙向行駛的一般馬路。一切改變在堤岸邊顯得格外不自然。

我們走到花博結束後冷清的場地，米白色的大帳篷孤獨地在河邊張開，為花博修設的水泥裝飾，在人聲喧嘩退去後，更顯無事無趣。見四下無人，便鬆開牽繩，任漢漢在河邊草地上肆意活動，他奔跑、探險，偶爾會回頭找我，怕我離遠了。這天因颱風將至，夕陽鋪染成詭譎的豔紅色，陽光也特別金黃，逆著光拍下漢漢悠閒恣意散步的樣子，黃金色的披毛在

夕陽的輝映下，更顯出他的與世無爭。

那時想的是：如果我們就停在這時刻多好！

準備走回家時，不經意回望，竟看見大直山區畫出了虹與霓，「漢漢，你看兩道彩虹耶！」我驚呼。當下天真浪漫地相信，虹霓下的我們都獲得了來自天上的祝福。為了與彩虹合影，還拉著漢漢，以非坐非臥奇異的姿勢，人和狗玩起自拍，記錄下這一刻。

狗狗的照片總是可愛吸引人的目光，但人狗都入鏡卻多了幾番意境。我們都喜歡拍一種有影子的照片，可能是一個人在沙灘的孤影、情侶間牽著手堅信愛情的影子，或像和漢漢一人一狗的影子合影。在日落前，影子會被拉得特別長，連漢漢的影子都被拉得恍若像一個人站在我身旁。曾跟漢漢的影子合影時，將路面上白色的箭頭指標一起入鏡，也是種照相樂趣。

因為浪漫夕陽的加乘，感動往往都倍加再倍加，但也僅限於與心愛的

人、疼愛的狗貓在一起，才會有這般莫名的感動。如果一個人站在淡水河堤，望天光漸漸隱沒是不會覺得幸福的，只有強烈的孤單感冷冽無情地竄入，逼得你連滾帶爬地逃離。夕陽還是留給伴侶才好。

好好地跟你說話

好好地跟漢漢說話，是我單獨出遠門前，例行會做的事，跟他說：「我回爺爺家幾天」。好好地跟他說話，也是在返家後，第一時間想做的事。

但狗訓練師看到一定猛搖頭。他們都認為不要跟狗說話，因為狗不會懂，尤其是教育訓練時，我們用說話指揮、下口令時，只是會造成狗更大的困擾。但我跟漢漢的對話，不是上訓練課，而是希望他瞭解情況，希望他能放心。

我用和緩的語氣，跟漢漢說話。

在路上時說：「來，快跟上！」在十字路口時說：「快，跑步囉！」在面對陌生人時，我會說：「站好。」在碰到狗族時則說：「好，坐下！」、

「狗狗，乖乖。」這些對專業的訓練師而言，話實在太多了，一個手勢就可以了，話說越多恐會造成狗愈發無法理解，進而不知所措。

某次我出門三天，一回到家，漢漢很克制地搖尾巴，不如平常回家時，尾巴總是繞好幾個大圈圈。這時，我的話卻少了，甚至不說話。因為我懂漢漢在克制他的欣喜若狂，我幾乎沒說什麼話，只有輕拍拍他，放好東西，再回頭給上一個很大的擁抱，「來，抱抱！」他的頭鑽進了我的身懷之中，感受彼此的想念。

究竟話該說多還是少說呢？漢漢不像其他的狗，看到主人回來，總是呼啦呼啦地叫，甚至驚天地泣鬼神地哭嚎，將一天的焦急與等待一股腦地狂洩出來。沒有，漢漢未曾有過。這反而更讓我心疼，他就是這樣的小心翼翼，一如小時候我們第一次見面，不嗚嗚地叫，不跟其他兄弟姊妹一樣焦躁，而是在我的懷抱中睡著。

問：「你好嗎？」漢漢的尾巴輕輕地拍打地板。

問：「有沒有想念爹地？」尾巴沒反應，只有更深深的擁懷。

問：「要不要出去玩？」他的尾巴興奮地搖擺著。

套上胸背帶，繫上牽繩，「走吧！」一如往常地，等他嗅聞有趣的味道；一如往常地，堅持他想走的路。和漢漢說話，依舊沒變。或許路人經過我們身旁，覺得很奇怪，或許這是我的抒壓方式，一如漢漢沿路嗅聞，也是抒壓的方式之一。

好好跟狗說話，不管懂不懂，輕緩的語氣，只是想讓牠安心；好好跟狗說話，不管牠明不明白，溫柔的話語，只是想讓牠自在。

人類，常因話語造成彼此糾纏難解的誤會，那麼為什麼我們還要常常跟你說話？尤其我們彼此的語言完全是不同的，雙方肢體語言的表義更是大相逕庭。為了避免不必要的外加因素干擾，訓練師總認為以手勢或響片代替言語是最佳的方式。但我還是喜歡好好地跟漢漢說話，在他陪我讀書的時候、在和他共躺休息的時候，毫無設防地分享生活點滴，只是想讓他

知道我很在意他的感受。

沒跟漢漢說的是，其實我說的每一句話，同時是告訴自己：

漢漢，謝謝你，因為有你靜默地傾聽我的幸福；因為有你無聲相伴我的脆弱；因為有你，我才能安心地與我自己相處。因為有你。

參拜的神犬

幾年前，因急著回家做漢漢的晚餐，下班騎自行車時，一個不留神摔車，摔得滿臉鮮血還縫了十多針，右手手腕也嚴重扭傷，之後，手腕的內傷一直沒痊癒，常在打字或剪接廣播節目音檔時，手因無法緊貼桌面，得半懸空地移動滑鼠或游移在鍵盤上，沒多久手腕就會有微痠的異感，持續不斷，彷彿有人在近神門穴處，從小指沿著手掌的側邊，順滑到下方的手腕附近，扎了根針，直入穴位似的。因手的不適，常得有一個小物，撐著手腕內側，好擱放托住不須太使力。但一直找不到喜歡的靠墊，就隨手拿起一塊透明，裡頭鑲著日本古圖的紙鎮，先湊合著代用。結果，紙鎮的高度，竟剛好是手握滑鼠時所懸晃的空間，意外地成了我工作時最佳的依靠。

紙鎮裡，鑲著的是日本浮世繪大師歌川廣重的《東海道五十三次》之

「四十四，四日市。日永村追分。参宮道的」的圖。那是二〇一一年在東京SUNTORY美術館的一項特展「殿様も犬も旅した 広重・東海道五拾三次——保永堂版・隷書版を中心に」中，購得的紀念品。東海道是江戶時代，從京都到東京日本橋一條約五百公里的路線，現在從東京到京都若搭乘新幹線，只需兩小時，但在當年，如經東海道前往，也得走上半個月至一個月才能到達。所以沿途設有五十三個停宿地點，《東海道五十三次》才有五十五幅的沿途繪圖，其中還包括各地的人文風土與四季景致圖錄，值得駐足細看。

記得，第一次到訪東京時，什麼都新鮮，當時還安排一趟箱根溫泉之旅，特別走訪了位於蘆之湖附近，箱根御關所的茶屋喝茶配和菓子，那裡至今還保留著東海道的遺跡，後來刻意走上一段古道到下一個公車站搭車，再返回蘆之湖。而歌川廣重的《東海道五十三次》其中一幅便畫了箱根驛站，在寬闊湛藍的湖旁，陡峭聳立的高山中，可看見險峻的東海道穿梭於此。過了箱根，就將進入東京了。事隔多年後，看到這幅圖，因為曾

走訪過，似乎更能感受到挑夫行步的辛苦。

而紙鎮上的「四日市。日永村追分。参宮道的」因見有狗入畫才決定買下，圖中是隻白犬，脖子上繫著一只橘黃色的袋子，日本稱之為「お参り犬」——參拜犬。狗狗的脖子上還掛著一串硬幣，那是給狗與主人的旅費盤纏，因為當時不是每個人都有能力可花錢又費時地到伊勢神宮參拜，以前甚至有規定平民是禁止旅行的，於是就有了「お参り犬」的存在，民眾委託狗帶著他們的祈願，到伊勢神宮參拜，傳達心意給天照大神。畫的正中間是座鳥居，旅人和商人們正在鳥居下寒暄，狗隨身在側，這裡剛好是通往京都、伊勢神宮的分歧點，若將地圖攤開，便明白四日市地理位置的重要性，從這點一別，往左沿著伊勢灣就可走到伊勢神宮；往右便可經行山路到大阪、京都。路的兩側都有供旅人休息的茶店，招牌上寫著當地的名物——饅頭。狗就混在人群中，旅人也會分點饅頭給狗享用，喧鬧卻又充滿祥和。

在四國的金刀比羅宮中，也可以看到類似的說明。金刀比羅宮是以非

常長的石階聞名著稱的宮廟，從入口到主殿，共計有七百八十五階的石梯，為了方便旅人登至主殿，入口處的商家都會販賣拐杖或竹竿。依自己登爬的經驗，並不覺得這階梯讓人走得極為艱辛，非須靠根杖棍輔助，用顆虔敬參拜的心，慢慢地拾級而上，也就不甚覺得疲累。途中有個「こんぴら狗」的銅像，就像「お参り犬」，日本人認為一生必去一次伊勢神宮，如果去不成，那就到讚岐的金刀比羅宮或京都的東西本願寺，這樣也能算成就人生最大的一件事了。

去不了的人就會請人代為參拜，代參拜者如果帶狗隨行，就會在狗的脖子上繫上一個布袋，裡頭裝滿了委託代參拜的禱文，因此才會在數百級階梯中間，有こんぴら狗的銅像，感謝狗狗的相伴付出。牠的頭因為旅人們到訪，被摸得銅亮，心想被摸得光亮，代表可求平安或健康嗎？不得而知。但不辭千里地來此，自然也得搶摸こんぴら狗那光溜溜的頭。

我飄洋過海而來，其實是因為這宮的「幸福黃色御守」。金黃色的御

守上，繫上一隻白色陶製的「こんぴら狗」，富貴又可愛極了，買了好幾個，送給幾位愛狗的朋友與家人留存紀念，保佑他們，也希望狗狗幫忙傳達他們的願望。

到訪日本的那一年，二〇一一年，是自己最不愉快的一年。整個人像被粗繩纏繞，再纏繞，綁了個死結，無法掙脫，如果被丟入河裡，連想掙扎的力氣都沒有。一週總有幾天，黑暗籠罩，常讓自己無法喘息，得大口大口地呼氣、嘆氣，「再努力看看」的正念力量都幾乎消失殆盡。找不到抒解抑鬱的方法，只好每晚帶著漢漢夜遊，路上幾乎無話，我倆靜靜地在夜裡行走，基隆河的水面是墨黑色的，路面四周也是漆黑的，唯有天空還帶點城市關不掉的熱鬧燈光。漢漢就這樣默默地跟著我，沒有一天抗議、不陪走。後來自私的我，向電台請了三週的長假到日本旅行，從東京到岡山、廣島，轉赴四國，最後再返回東京。這是第一次離開漢漢這麼長的時間。

三個禮拜有多長？其實很短，短到出發前台灣的新聞議題，三週後回

來還在吵爭不止。但對以七倍速度快轉「狗」生的漢漢而言，三週就是一百四十七天，算算已是五個月。我的一別，就是五個月。雖不是度日如年，但等待的心情也是難熬的吧！旅行結束後，一回到家，漢漢搖著尾巴，整個頭窩進了我的胸膛，也許他在說：「回來了啊！」沒有半點的埋怨，開心地陪我打開行李箱，看我為他準備了什麼禮物。

家在哪裡似乎一點也不重要，也別奢望旅行會給人多大的領悟，或帶給人生一番如何的大洗滌。當有一隻狗等著我回家，開門的一剎那，自己明白人生最重要的是誰？真正讓心輕鬆下來的不是幾週的漫遊，而是在開門時，狗狗佇守門後的迎接。這才驚覺，我家也有一個希望人平安，讓人安心的「こんぴら狗」。

「ただいま，我回來了！」開心地對他說。

有狗之後，回家成了每天最期待的事。

白癡老爹

「我爹真的很白癡！」

白癡這話是他自己說的。

「剪刀、石頭、布！」他常常會跟我玩這個窮極無聊的遊戲。

我當然都出布啊！他若出石頭，一定是我贏，可是他也不會給優勝獎品，小氣得連個肉條都不給我，說到肉條，它不是我的最愛，最愛的是肉片，啊！光想到都會流口水。但那白癡又小氣的老爹，一天只給一片，「一片！一片耶！」大家評評理，他說這很貴，又說：「吃多了不好。」「不好在哪裡啊！」怒吼。

老爹的白癡行徑，還不止於愛玩猜拳的遊戲，他還喜歡玩「猜一猜」的遊戲，他兩手握拳，其中一個掌心中，放入我喜歡的小零食，以前會放

起司塊，後來不知道為什麼也不給我了，是不是又嫌貴了？總之，他兩隻手只有一手裝有好吃的，然後雙拳平放在面前，笑臉盈盈地問：「哪一手？」有時候，真覺得你們人類把我們當成白癡，一副就是會聽懂你們的話似的。我們可是經過不停地認真學習，一個字一個字對著學，「喔！你剛剛說的話，是要我在這裡尿尿喔！」、「喔！這叫下來，不准我上床」等等，我們很辛苦的記憶學習，卻常遭來你們的怒罵，甚至欺負，唉！誰可以告訴你們，我們不是很清楚你們所說的事，總在猜測中，慢慢地學習，慢慢地適應，就像嬰兒一開始哪聽得懂你們說的話。「不要哭！」其實是你們溫暖的擁抱讓嬰兒鎮定下來，同樣地，是你們的陪伴，讓我們能安心不慌亂、不亂叫。

我爹愛玩猜猜哪一隻手的遊戲，實在太簡單了，怎麼會笨到忘了我們的嗅覺可是厲害的，只要用十分之一的能力，就可以聞到哪隻手藏有美味的小東西，如果猜中了，他居然會開心地笑，還把手放在身後，將東西換手藏後，又問：「在哪裡？」好吧！他愛玩，玩得開心，也就跟著他繼續

玩。

我沒有愛這個遊戲，而是愛跟他一起玩，愛看到他大笑的傻氣模樣。我很帥，這是我爹說的，我也這麼認為，超級無敵帥，無法否認，他就比我差一點。每當我們走在路上，從未少見旁人聚焦的目光。好在，我爹雖然很白癡，但他還不至於非常自戀，以為路人都是在看他。

可憐的他，沒有女朋友。這是我最擔心的。於是，每次出門散步，見到女生我就熱絡地打招呼，可是我爹愚笨到了極點，只聊了幾句，就一副邁步要走的樣子，是聊天聊得不投機吧？我懂他的意思，當然，就由我當壞狗，拉著他離開。唉！我這個超級帥狗的名聲全被他給破壞了，還託詞跟人家說：「不好意思，他想要繼續散步。」到底是誰想要離開啊！她不是你的菜也不要這麼勢利直接。

白癡老爹常忘了幫我過生日，但我自己也不記得他買了幾次蛋糕祝我生日快樂，沒辦法，因為你們都說狗的記憶力只有兩分鐘，過生日這事，我爹不愛，當然，我的也過得零零落落的，只需一個腳掌就可以數完了，

也就是你們說的屈「趾」可數。

我們一起生活這麼久，總還是希望他能有人陪，曾經有好一段時間，爹地跟我走在深夜無人的河岸，借我的視力可以為他引路，但我不可能一輩子帶著他走。我可以在他最沮喪的時候，安安靜靜地陪著他，但知道不可能永遠地陪著他。再養隻狗陪他嗎？在我還在的時候，別想！

弟弟

下班時分，從辦公室的玻璃窗往外瞧望，烏雲漸漸往西移散，大雨總算有將停歇的樣子，天空轉為霏霏細雨。細雨能引池魚出水，當然也不會困住正想準時下班的人潮。

「清盛，你還在辦公室嗎？」同事打了通電話問我。

「還在，怎麼了？」我問。

「電台大樓下的旋轉門前，捲躺著一隻米格魯，牠淋了雨，沒精神地躺在大樓門口。」她的擔心溢於言表。緊接又說：「現在是下班時間，你要不要下來看看。」她沒說出口的是，就怕下班人群一擁而出時，可能會嚇到那隻米格魯，甚至傷到牠。

「嗯。」沒想推託，直截了當地表明馬上下樓。

米格魯趴在階梯的紅色塑膠地毯上，看起來一點也不保暖。「狗狗。」

蹲在牠身旁，輕聲地喚牠。牠閉著眼睛，一動也不動。我們若接近流浪狗，牠們多半會快跑閃離，甚至會因為害怕而吠叫警告，米格魯是獵人的好幫手，好動愛玩是牠的天性，但大樓門前的米格魯，對於我的輕聲呼喚，完全沒有任何的反應。

「先把牠送到醫院吧！」同事建議。

這隻米格魯不是我在街頭救援的第一隻狗，因此毫不猶豫地兩手抱起牠，直奔附近的動物醫院。怕牠受風寒生了病，經醫生初步檢查，牠的健康並無大礙，也沒掃瞄到證明牠身分的晶片。

那為何會像病壞了似地窩在門口？也許因為飢寒交迫吧！事後我們做出這樣研判。

米格魯在醫院住了三天，因為沒生病，醫院當然急著想讓牠出院，不佔用病欄，希望我們及早辦理出院。和同事商量後，決定先住在我家，日後再慢慢尋找合適的認養人。

暫時成為我家的一份子，總要先取個名字，讓牠有歸屬感。牠的尾巴

有個特別之處，就是末端白色的部分（米格魯的尾巴末端都會有段白色，雖不至於像兔毛筆柔軟，但搖起來，那截白色還是吸引了目光），有近九十度的彎折，像個「7」的數字，於是就先取名「Seven」，後來發現牠對這名字沒有反應，一時沒想到好聽又極具巧思的名字，就先隨口叫「弟弟」，畢竟漢漢是哥哥，無論是年紀大小與先後順序，都希望弟弟能明白牠的地位。

習慣流浪天涯的牠，在坪數不大的老公寓，怎能消耗牠旺盛的體力，整天就是在家裡奔跑吵鬧，常鬧得漢漢都要閃避。或許他心想：「哪來的野孩子啊！」

弟弟可能習慣打野食，或是三餐不繼的生活過得太久，每天早晚送上的乾糧，牠都是迫不及待，像個餓死鬼，迅雷不及掩耳地掃盤後，又覬覦漢漢碗中的食物。為了讓牠明白牠在家中的先後順序，遞飯的次序已有注意和要求，先給漢漢，再送上弟弟的。但每天還是上演不准牠搶食漢漢的飯的戲碼，要求牠先坐下，不准牠吃完飯，一轉身牠又去搶奪漢漢的餐

食。

那時，甚至還存有一絲希望，有個狗弟弟爭食，可以趁機教育漢漢現實生活大不易，然而我的如意算盤不但沒如預期，反倒成了場災難，兩小子依然故我，互相以不變應萬變。

當流浪狗中途，首要教會的是固定如廁。為了讓狗能被好人家領養，就該教懂規矩，學會固定在一處大小便。一開始先鋪好報紙，引導弟弟在紙上上廁所，但小魔鬼的牠，總把報紙撕咬得稀巴爛，沒法讓牠學會在報紙上便溺，只好退而求其次讓牠懂得在固定一處上廁所，結果牠像埋布地雷的恐怖份子，一區一塊地留下牠的「大」作。

「這裡不行，那換個地方；那裡不行，再移他處。」就這樣，客廳各處都曾遺留過牠舒暢快感後的「遺物」。下班返家，開門就成了我的夢魘，小魔鬼的稱號就此定名。牠個「犬」清潔衛生做得不徹底，尿尿會在同一處，大便就難以控制。再加上人生地不熟，腸胃又敏感，大便總是過軟，無法成美麗的條狀。

漢漢每天早晚都有散步運動的習慣，雖然弟弟只是過客，但我們還是視牠為家人，一手一狗，兩小散步，好不快樂。曾遇到沒繫牽繩的家犬，想與兩兄弟玩樂，但他倆不願意，弟弟更是咿咿啊啊焦慮地叫著。家犬主人一副事不關己地在遠方站著，只看熱鬧也不想牽走。我心急大罵：「把你的狗牽走！」家犬主人或許在想，打招呼、玩樂是再正常不過的！試想，如果有個陌生人邀你同樂，你會願意跟他玩嗎？如果生性害羞，多次被同輩欺負霸凌，還會不懂得閃避嗎？如果遇到素行不良的狗，還會願意不牽繩，放任牠與陌生狗接觸嗎？每隻流浪狗的背後，都有不為人知的辛酸。

週末假日，我們出遊散步的時間更長，他兄弟倆的感情，也在冷漠中發生變化，漢漢會跟牠坦腹玩樂，追逐互咬。午後陽光灑落在他倆的臉上，希望和快樂照映著彼此。

「一定要將弟弟送給別人接養嗎？」不斷地自問。

弟弟終究要離開我們搬到新家，有人願意收養牠，給牠單一完整的

愛，送上無限的祝福，更何況是好山、好水、有院子的台東新家。

換手送養的那天，幫弟弟穿上胸背帶，獨獨帶弟弟出門，漢漢一臉疑惑全寫在臉上。他終究不明白。事後幾天，他沒有一天是笑的，我彷彿是個惡人，把他的快樂奪去了，沒了伙伴，每天恢復到一狗一人，枯躁過生活的日子。後來，散步時若遙望到米格魯犬，漢漢的尾巴就會搖得特別起勁，他總以為那樣子的狗就是他的弟弟。

將繩子轉給收養人時，淚水差點從眼眶滑落，捷運站外的燈光不明，沒讓收養人發現，蹲下跟弟弟交代一些話，雖然這些交代沿途已經說了幾遍，仍不放心還是再多說一回，或許也希望收養人能明白我的擔心。

「到新家，你要乖乖的喔！」

然而，半年後，從收養人的朋友口中得知，弟弟不知原因翻牆離家了。「有誰在台東的街頭上看過一隻尾巴像個『7』的米格魯？那是我家的弟弟。」至今我還擔心掛記著牠。

擠看花火

睽違了五年的國慶煙火，終於回到台北，在淡水河畔施放華麗又絢爛的煙火。住在大同區，無論如何也想躬逢其盛，人擠人也在所不惜。

六點不到，天未暗，就牽著漢漢，從住家散步至迪化汙水處理廠的運動公園，以為不過就是走過重慶北路即可到達，理想畢竟是無事實根據所美化出來的虛化想像，實際上走了超過三十分鐘。

以前，沒帶過漢漢來這兒夜遊，偶爾在住家附近公園遇到狗友，常會推薦來此遛狗，他們總說，這裡有很多大狗，飼主都會在晚上較涼爽的時候，帶狗來交朋友，自己也與狗友交換飼養的心得，越晚越熱鬧。但我們一次也沒有刻意走來。

漢漢第一次來到運動公園，感到既新鮮又興奮，鼻子跟著好奇心四處

打探，這也是他第一次遇到這麼多人，我們選擇站在從公園跨越外環道路延伸到淡水河岸上的天橋，遠觀煙火，它是座造型非常特別的天橋，有點扭曲，呈不規則形狀的木棧橋，還有個名字叫「大地重現」，不像一般筆直的天橋，又不想特立獨行，這座在視覺上不斷地轉化效果，設計師說是象徵大地的延續、轉折和沉降。當初建造完成時，還一度成為網路熱門的拍照景點。因為它是附近唯一通往河岸，視野遼闊的制高點，施放煙火當天，人聲雜沓。可能因為那次的經驗，台北市政府在橋的旁邊再興建一座更寬大，白色如扇貝的跨堤景觀平台，據說可容納三千人，不僅可以觀賞大稻埕煙火，還可以飽覽淡水風光與夕陽，及走到河岸運動。入夜後，華燈初上，橋上璀璨的燈光，也將平台點綴得亮眼動人，但還未有這平台前，漢漢和我就先站在較狹窄的天橋上。

距離開始施放的時間越來越近，人潮一波波地湧進，漢漢似乎被人浪給嚇著了，雖不至於畏怯躲藏，但擠在狹窄的橋上，讓他有些不安，那時他已有三十五公斤了，怎麼樣都是隻大狗，因此不斷聽到行經的民眾說：

「嗚！好大！大狗！」，更何況是小孩的反應。為避免嚇到小孩，只好讓漢漢藏在我身後，但自以為是帥哥的他，怎麼可能屈居我的後方，我們時而拉扯，時而又得安撫。終於，第一段的煙火開始在天空中綻放，眾人的頭往同一個方向望去，驚呼聲不斷，明白放煙火為何會帶給大家希望，不只是施放的時候，暫時忘卻了煩惱，施放時我們像被指揮將頭齊朝同一方向轉望，眾心一致，相信夢想，亦期待幸福。

如繁花盛開的煙火，單發、連發，似垂柳、成扇狀，或是群星齊放，在黑夜裡美麗施展著光華，但眼見整座橋都快站滿了人，移動分寸都顯得困難重重，因為漢漢只及人的一半高度，過於擁擠的情況，也會稀薄了他的空氣含氧量，再加上煙火施放越來越緊湊，爆炸聲不絕於耳，顧及漢漢的安全與忍受力，決定選擇逃離現場。但後方的民眾早已堵住樓梯口，很難退離，旁人見狀，便玩笑地說：「叫狗走在前，就會讓出一條路了！」儘管是說玩笑話，不管他是不是和善的黃金獵犬，人人見了大狗還是會有些畏懼。

破除萬難，我們走下了天橋，漢漢抖了抖，想震落緊繃的壓力，等情緒放鬆了才感受到秋夜的微風。短暫的煙火秀，讓我學到人多的地方還是不要搶入。不禁讓我對漢漢感到萬般抱歉，自己過於簡單的想法，一時興起，讓他難受了一個晚上。一走下天橋，漢漢舒服許多，也跟著邁步蹦跳。他在天橋上，因難耐，導致小小的躁動，雖然小時候有認真做好社會化，不足的地方在此時放大了，才體認到這樣的活動對漢漢而言不是樂事，倒像是場災難。

張清芳唱的《看花火》：「還記得你把我的手往裡牽，就這樣我們肩併肩，聽見心裡最響亮的弦……」，歌詞意境很美，看煙火終究不好孤身抬望，那裡愛的純度極高。而自己拉著漢漢看煙火，是否又聽見彼此的心聲？回顧這段經驗，想起Mr.Children高唱的《花火》：「有一天分離會迎面而來，就算在一開始時就知道。」我們終會像主唱那樣聲嘶力竭地唱：「也想再一次地再一次地，再一次地再一次地，無論多少次都想要見到

你。」煙火還是星散雲煙。我們終須一別，來日再相見，我們要以什麼容貌見面，或許不須相視，只是牽握著你的手，就透徹明白人生的久別。

煙火打上高空迸發之際，再美麗的相遇，都只是頂上的那一爆，只剩往事能回味。

吐司邊

漢漢曾胖到四十四公斤。現在怎麼想，都覺得不可思議。

漢漢不是個好養的孩子，說是嬌生慣養也不為過，很多家犬應該都是如此。或許從小就沒有兄弟手足跟他一起生活，在他的世界裡，沒有其他狗分享、競爭我的寵愛，沒有其他狗跟他爭奪食物，對於吃飯總是顯得意興闌珊。我總是跟他說：「漢漢很幸福，沒有流浪街頭，流浪的狗狗很可憐。你要把飯吃完喔！」知福惜福的觀念，我們從小被灌輸，等我們養了狗貓，把他們當成自己的小孩，能給的全給了，極盡呵護。在外人眼中，常認知我們是狗奴、貓奴。漢漢小時候曾發生一件事，讓我在意許久。

漢漢在散步中途大便解放，本能地彎身將大便拾起包好，這再自然不過的動作，卻被旁邊的一位老伯給數落一句：「狗奴啦！」他操著台語口音對著我說。

當下，馬上氣憤難平。走回家的路上，一直惱怒著為什麼他要這麼不友善，帶著一己偏見隨意評論別人，一時的在意惱火，完全忽略了身旁的漢漢，他會怎麼理解我如此暴躁的情緒？而且我居然這麼在意一個陌生人隨口對我的批評，更沒有直立腰桿，勇敢表明這全是出自於對漢漢的愛。

真正在意的是什麼？說我是個「狗奴」嗎？狗奴這個詞，應該是三個字：狗奴才，這才是完整的詞彙，既封建又具階級思想下才有的對應身分，這個詞義隱含著完全負面的輕蔑。當個狗奴有什麼不好？我心甘情願地做，無私無悔地愛，認為他就應該這樣被我愛護著，撿拾大便不過就是環境清潔的一個小動作，那人還沒看到的是我平日如何發揮極致狗奴的精神，好彰顯我對漢漢的愛。何必在意無謂陌生人的訕笑呢？該嘆息的是他不懂這份超越人與人之間更寬廣的愛。

愛他就該給他一切嗎？給他一張床，不讓他孤單地睡在冰冷的地板上；給他好多玩具，讓他的快樂綿綿不絕；給他國際認證的優質飼料與零食，願他獲得健康滿足口慾。希望他快樂，是我跟漢漢生活的第一優先要

件。

但是，獨立的睡床分隔了我和漢漢，每晚他孤伶伶地睡在自己的大床上，不吵也不鬧；玩具加深了彼此間的距離，減少了該有的撫摸與陪伴；至於吃，不虞匱乏地提供食物，只是為了滿足對方的口腹，卻在東挑食西揀菜的情緒中，偷偷地離間了我們和睦的關係。

因為他挑食，曾有好幾年的時間，不斷地嘗試尋找解決之道，更換飼料、找更好的罐頭，最後走上料理鮮食一途，電鍋蒸煮雞胸肉，加水煮雞蛋，常成了他不吃飯時，引誘他把飯吃光的法寶。

自來水細流在大碗裡，煮好的土雞蛋在水波蕩漾中，水流光影下雞蛋像個沉下去的黃金條塊，看不出「圓」型。

待蛋沖涼，剝殼，「喀！喀！」在料理台上輕敲蛋殼，分秒不差地，漢漢會興沖沖地跑進廚房，笑臉盈盈地抬頭看我，問：「你在剝我最愛的水煮蛋啊？」突然明白，小時候爸爸為什麼總愛從外頭帶回來我愛吃的炸雞，就是喜歡看我開心迎接的表情，和迫不及待地啃食的模樣。原來我們

父與子兩代的愛其實是一致的，就是那麼簡單，只是喜歡看你笑，喜歡看你瞇著眼，喜歡你留在身邊。

敲蛋殼是我召喚你的魔法，但沒有愛，這魔法是毫無法力可言的。

漢漢還喜歡吃一樣東西——吐司。這也是因為他挑食而引生的習慣，常因為他不吃飯，怕他餓著，就先拿一、兩片吐司墊墊胃，心想至少他還喜歡吃吐司，不過天天吃也不是辦法，影響正餐就麻煩了。因此改變方式，將吐司換成鼓勵交換的條件，他得先把飯吃完，才可以吃吐司。但沒多久，這方法就被街口的早餐店壞了事。早餐店的女老闆和員工都非常喜歡貝克漢，發現我們還在大老遠處走著，就會先大喊：「貝克漢！」拉高嗓子地喊，唯恐鄰居不知住家附近有隻黃金獵犬叫貝克漢。漢漢每天亦不負眾望地向前奔跑，他知道又有好吃的吐司可以吃了。每次帶漢漢散步，買早餐時，都會多買一片吐司給他，所以他知道這裡有著小鍋鏟「鏘！鏘！」作響的地方，就有吐司可吃，也因為這樣，當他聽到鏘鏘的聲音，

就會跑去坐在店門口。有時，沒帶錢出門，讓我感到顏面無光地苦苦勸離他，還擺明地跟他說：「爹地沒帶錢，我們沒有要買早餐！」

後來，早餐店的女老闆乾脆刻意留一些吐司邊給漢漢，吐司邊一條一條的，也方便拿取餵食，於是常常一手牽著漢漢，一手拿著裝著愛心吐司邊的袋子，輕快地走回家。

直到有天，漢漢無法順利爬樓梯上樓，喚醒心中隱憂害怕的事：「漢漢的關節是不是又出狀況了？」、「他老了，腿也會無力了吧！」爬樓梯變成「抱」樓梯，抱上抱下的，很不輕鬆，那時只感覺到這小子好重，直到做年度健康檢查時，引他上體重器一秤，「站好，不要動……」

「44」，電子數字標示超過四十四公斤，原來這小子不是因為後腿無力，爬不上樓梯，而是因為太胖走不動。我大笑了幾聲，笑自己的愚蠢與糊塗，為他的健康著想，從此也只好戒了他愛吃的吐司邊，啟動減肥計畫。

輯二

我要的不是禮物，是安靜地陪伴

沒發現你老了

「三、四年對我們來說很短，但對他而言，那已是二十年前的事了。」楊姮稜醫師回答道。

這話立刻讓在廣播現場中的我，一時手足無措，接不上話。醫師的聲音變得小聲、遙遠，自己則有種靈魂飄出，脫離身軀的感覺。俯視並質疑在console台前的自己：「你怎麼到現在才驚覺地瞭解！」

一隻彷如披著一件香奈兒經典黑短外套的米克斯幼犬來到我家。牠約莫只有四個月大，是個好動依賴性極強的女生，因為牠那黑白分明的模樣，暫時給牠取了一個虛榮的名字：Chanel。牠是同事在街頭撿獲的，因動物醫院不能久住，又無法順利找到新人家接養，便提議不如讓牠先住我家，可以先教會上廁所、坐下、等，與人共同生活的基本訓練，日後送養

的機率也會增高。Chanel很聰明，很快就學會坐下、等、過來和在被允許的地方便溺。這些事其實不難教，真正困擾的是漢漢的強烈反彈。

這反應是對Chanel的極度不耐，是我完全始料未及的。

收留流浪狗，我們不是第一次了，小到吉娃娃，大到溫馴的拉不拉多犬，都曾帶回家。吉娃娃沒有住在我們家，因為漢漢當時正值年輕氣盛，擔心他不知輕重，不小心把吉娃娃給踩瘸了、壓傷了，而好動的Chanel，身形雖小，但還不至於讓人擔心。Chanel沒有安全感，常愛大呼小叫，橫衝直撞，活脫脫像個裝上金頂電池，跳動無休的小娃兒。牠老愛找漢漢玩耍，可是漢漢完全不愛也不理，甚至連眉都不想抬，視牠為空氣。

小女孩不知分寸，當人沒理會牠時，聲音總是會變得更大，動作也加大，於是開始吠叫、抗議、示威，若採動物群居的角度，看這些莽撞的行為都還算合理，認定那只是本能的舉措，也就沒多加理會。於是牠開始挑釁，開始會在漢漢周圍奔跑，邀玩、打鬧，或是咬他的尾巴，這下可把漢漢惹毛了，先是低吼警告，趁機教育年幼的小女孩為「狗」的處事規矩，

儘管已到這階段，我仍然認為沒什麼大不了的，依舊不介入。沒想到事態後來演變成小女孩只要一經過漢漢面前，漢漢就大怒，不再只有低吼，甚至還出現豎毛欲反擊的行為，這是過去十年從未有過的情況。

詢問治療犬貓行為的楊醫師，過去自己曾做過中途，漢漢也和其他狗相處愉快，為何這次的反應會如此劇烈？楊醫師一語道破夢中人：「你們一人一狗的生活模式，對他而言，已經二十年了。」我居然忘了！

當下像個手中冰淇淋不小心掉到地上的孩子，既懊惱又自責自己的愚笨。

漢漢的生命時鐘走得比我們快太多，一下子，他就變得老態龍鍾。因為老了，所以步伐緩慢；因為老了，所以臉都變白；因為老了，所以身上多了幾塊小腫塊與黑斑。我該明瞭的不單是只有外表的改變，而是我的一天就是他的一週，我的一年則是他的七年。他的生命恍如快轉的膠捲，匆忙得令人來不及記憶各個鏡頭影像。

人在年紀增長後總會說：老朋友好，因為不用多說，他都懂；聽老歌、穿舊衣好，因為不用重新適應，溫暖順耳，舒服不扎人。那老狗呢？牠們擁有上述種種優點。楊醫師提醒著，年邁的牠們，不只是視力漸漸退化，情緒容易失控，對於挫折的調控能力、外在環境改變的配合度，也跟著下降，因此漢漢才會頻頻發脾氣。

歲月不居，靜轉遞嬗，才會讓我輕忽時空早已置換。

遇老者

手平移示意，「等。」

早上照例帶著漢漢去散步，在斑馬線前暫停。一位戴著如含笑花，淺淡而不喧賓奪主淡黃色布帽的老婦人，緩步靠了過來，站在我們的左側。看起來約莫六、七十歲，餘光知道她一直瞧著兒子。

突然，她開口問：「可以摸他嗎？」輕輕地，幾乎不帶情緒地說。

我跟漢漢說：「摸摸。婆婆，摸摸。」他搖了尾巴同意了我的要求，擺出友善的舉動。婆婆伸手摸著他的背說：「好軟喔！」皺滿歲月的右手輕輕地撫摸著漢漢金黃色的背毛。此舉似乎開啟了她的記憶。於是她告訴我，她有養一隻十七歲的狗，我未經思考地脫口說：「很好啊！」但她接著說：「現在沒養了。」本以為她棄養了老犬，間隔一會兒——

「太痛苦了。」

她只吐出這四個字，無法再多說，簡單扼要的一句話，抑住了情緒，使她不輕易讓情緒悲從中來地蔓延難持。才明白婆婆為什麼一直看著漢漢。

「他很喜歡老人喔！」心裡想彌補什麼地連忙告訴婆婆。

「他現在幾歲？」婆婆摸著漢漢的頭問。

「十歲了！」

婆婆突然笑了，音調突然調高地說：「那我們都是同年紀的啊！」瞬間等紅燈的氣氛轉為紛亮愉快，那婆婆也將近耆老之年了。我想漢漢這時也聽出婆婆的高興之情。

紅燈轉綠，我們一同信步走過斑馬線，婆婆見公車來了，便搖著手跟我們說：「bye bye！」她的手搖舉起來，沒有年輕人般的自信有力，卻是一種篤定踏實。人生每一場大大小小的再見，她都了然於心。漢漢這時似乎聽懂了，快步走向前，讓婆婆再拍拍他的頭，如往常遇到老人家。

他和長輩們都是這樣問候的，總喜歡窩進布滿皺紋的雙手之中。此刻

我們像是婆婆的家人，目送她登上公車離開。

住在圓山山下時，總會遇到一位老爺爺，清早就裝扮得整整齊齊，每次大老遠看到我們時，總是極富生氣地喊：「Bacon！」隨即是陣健朗的笑聲。老爺爺總把漢漢的名字Beckham念成Bacon，變成了一片培根。我不以為意，就當老爺爺專屬呼喊的名字吧，也就沒有當面更正，後來就習慣了這樣的稱呼。漢漢聽這呼喚好像近似他的名字，分不清實情，總是大力擺盪他的尾巴表達歡迎，老爺爺的大手愛摸漢漢漸漸轉白的臉，是否表意我們倆同是老人家？有時好些時日沒遇到老爺爺，就會擔心他，人與人之間的關心就在善意與問候間靜靜地流淌存續。

後來，我們搬家了。時不時記起那位早起的爺爺，他一雙大手曾對漢漢的疼惜。

不愛搬家

在忙著錄製過年存檔節目的時候搬家，真是不智之舉。

那一陣子，常常就是十一、二點才回到家，除了要和漢漢散步，還要裝箱打包，原本該是睡覺的時間，卻見我取拿物品，不斷裝箱、收箱，擦拍灰塵，還撕拉膠帶，「吱～吱～」封箱發出刺耳的聲音，連續好幾天，漢漢從不解、陪伴到開始鬱鬱寡歡，甚至最後幾天還躲進書桌下。那時沒察覺，他不明白為何有這一切變化，不瞭解他從來這裡生活開始，一個他視為家的地方，為何現在我要一點一點地清空，換成一箱一箱的物件，並節節逼減他可以活動遊戲的區域，造成他極大的不安及不便。沒事先跟他說明，我們要換一個地方住，以後我們就住那兒，不住這兒了。

匆忙搬進新家後，漢漢心情不開朗的情況沒有改善，甚至日益加劇。前兩天除了飯不吃完，還會亂尿尿，在門前、在電梯裡，當時我們的相

處狀況已演變到劍拔弩張、一觸即發的局面。朋友安慰說，那是到了新地方，沒他的味道所以就留記號。但我並不這樣解讀。明知搬家對狗貓的壓力極大，糟糕的是我沒預先處理，瑣碎事務讓我自己惱怒就算了，還連累苦到狗兒子。

曾因聽眾提問，節目開了一個「搬家所帶來的壓力」的行為問題專題，連線訪問楊姮稜醫師，當時我們苦口婆心叮嚀應備的注意事項，如今換我搬遷，卻將一切拋諸腦後，真是糟糕透了。

楊醫師當時說，請飼主先想像，搬家對人已是種緊迫，且自己還在知情的狀況下依然產生壓力，包括整理家當、移動、歸位、清潔等等，對主人而言都是龐雜的工程。如果我們沒有正視自己的壓力累積，更不會想到我們無形的壓力已經感染給狗貓，牠們同等感受了我們因搬家所帶來的不悅與急促感。因此，毛小孩的家人，第一件要做的事，不是寫清楚箱子裡的東西品項，而是告訴自己，不要把困擾轉移到毛小孩身上，先減低焦躁的因素。專家提醒我們同狗貓相處過生活，不是只有擁抱、玩耍，和餵

食，還要多觀察牠們，瞭解牠們的行為成因與個性特質，例如小型犬，或是不愛出門的狗貓，搬家往往都將會帶給牠們較大的壓力。

有一友人，家境不錯，但他不願買房子，認為租下新建好的樓房，搬進去就換來一個嶄新的新家，也不用承擔高昂的房貸，是多麼棒的一件事，於是，他每一、兩年就會搬家，同妻小一家人總樂此不疲。幸好朋友沒養狗貓，否則所飼養的狗貓的適應力一定強過於其他狗貓吧！

幾位犬貓行為醫師都建議，在搬家之前，家人應該多次帶狗一起去看新環境，如果新房不管在坪數大小或建物規模有很大的不同時，如：透天厝改遷至電梯大廈，就得留心注意狗狗的適應情況。像我們從四十年的樓梯舊宅改搬至電梯大廈，每帶漢漢搭乘電梯上下樓時，都得要不斷做正面加強訓練，加以鼓勵，讓他覺得這個密閉、會晃動並且聲音頗大的空間，對他是友善的，而我都會在裡面和他說說話，稱讚他，但即使如此，他偶爾還是會出現舔舌的安定訊號。如果新家是幢透天厝，得明白一事，毛小

孩過去因早已習慣與主人身處一室，共同起居，一旦搬至他不是時時刻刻可看到你，分樓層居住的房子時，他的焦慮也會隨之增加。

醫師提醒，家人要細心觀察狗出現緊張、壓力或受緊迫的情況，記得給他時間適應。建議第一週先規劃出一個小空間，待熟悉之後，自然而然會探索其他環境，包括家具、聲音、味道及所見一切，慢慢地建構活動範圍的圖像。最重要的是主人耐心的陪伴，預備玩具也是必要的安心方法。有我們的安撫與陪伴，潛移默化中也會平息彼此小小潛在的不安。

若出現吠叫的情形，就是壓力強大的表現，輕微的則會躲至小角落，一直靜觀我們的生活起居，進食量亦會減少，甚至改變上廁所習慣。若有流口水、不斷徘徊，就意味壓力又更大了些。狗友常忽視狗自舔的行為，狗不像貓會自理清潔，若不斷舔腳、舔身體，都可能是一種慢性壓力的表徵，得要與醫師溝通，幫助減緩症狀加劇。

至於貓，少說至少會有一天是不吃不尿，待探索新家的行為出現之

後，才會進食及如廁。家人只要如常進出，偶爾叫叫牠，按照平日生活作息就好。千萬不要硬拉牠出來面對這對牠而言是完全陌生的環境，請明白你的這種行為根本是在虐貓！

搬家，我們都需要一段時間適應，狗狗當然也一樣，牠們的適應能力就像搬完家後，那一箱一箱尚未開封的箱子，不會立刻就清空，也不知何時才能歸位，騰出清爽的空間，一切只能留給時間，慢慢地處理歸位。明白漢漢搬家帶給他的壓力，開始帶他逛新巷道，閒晃附近的公園，一起和他認識新環境，讓他可以感受到我們放鬆的情緒，也讓他自己探索出環境的新味道，一起習慣「我們真的搬新家了！」

一直在那兒

我曾養街貓。一開始是被動使然。

本來是餵食一隻常出現在陽台的短尾大橘貓，養著養著，出現了另一隻橘貓。短尾的塊頭雖然比較大，卻中看不中用，在不敵新橘貓的強勢霸奪後，消失一陣子。新橘貓，餵著餵著，肚子居然大了起來。我沒擔心，至少確定牠是隻母貓，於是貓飼料就換為幼母貓配方。

貓真是個奇特的物種，常躲藏於無形，又現形於無聲。新橘貓懷孕近兩個月後，不再出現，再出現時，不是因為先看到牠，而是牠的兒子！在淡藻綠的鐵皮屋簷上，黃橘色的小臉蛋從灰色的牆壁旁，探頭出來。超萌的眼神，任誰也無法抵擋。從此，母子倆成了後陽台的座上賓。

小橘貓，沒給取名字，只會對著牠小聲地說：喵喵，喵喵。蹲坐一旁看著牠們時總想：無法理解那些傷害牠們的人，何以出得了手。

橘貓在陽光下，熠熠發光，更顯見陽光的燦爛奪目。早上的冬陽是牠的暖被，大刺刺地睡躺，完全不懂居安思危的城市生存法則。我不敢移動身軀，蹲看許久，多希望就這樣虛耗時光，歲月靜好。

只是，貓畢竟是貓，不像狗那般容易被討好，數個月後，我還是只能在牠吃飯時，輕輕地、悄悄地，以風撥撩髮梢的力道偷摸牠。我居然是個這樣一觸，就能甘願滿足的人。很羨慕朱天心筆下，會送老鼠、蟑螂、蜥蜴當禮物的街貓，讓我知道牠答謝與分享的心意。

「沒有！沒有！又沒有！」每天打開陽台，失落地這樣說。心中明知對貓不要有任何期待，但我畢竟是人族，是貪心的人族啊！

因事，臨時決定搬家。計想在搬家前，至少能帶喵喵去動物醫院結紮，再幫牠找個好人家接養，於是借了一個攜行袋，打算以食物騙牠壓牠進籠子，但牠卻強力掙脫，在擔心弄傷牠的情況下，心一寬手一鬆，牠趁機跳離了籠子。我倆之間的距離，就此變得更遠。「你不相信我了嗎？」我擔心疑問著。

搬家前兩天，牠似乎預知。沒有告別就先消失了。

數週後，再回到舊居善後。打開前後的落地窗，無意識地往牠常睡覺的地方看去，仍不見牠（你也搬家了嗎？你有人照顧嗎？巷子口的麵攤你常光顧嗎？）等二手書商來收書的時間，隨手抓起一本書，靠著牆閱讀起來。不知過了多久，無意識地轉頭，竟發現牠已安安靜靜地坐在門前，看望著我。沒有越過門檻，也沒有喵喵地說「我來了」、「我餓了」或「我要吃飯，快點！」

只是默默地坐著。

當下，我的淚差點落下，直在眼眶裡打轉。「你好嗎？」很輕聲地問，深怕太大聲嚇跑了牠。喵喵此刻就像電視劇裡，那個默默地在喜歡的人身邊守候，永遠無聲支持與送上祝福的男主角，在燈火闌珊處，回頭看到他，才驚覺內心竟是這麼地在乎。

就這樣，我們彼此端看一會兒。知道牠其實餓了。出門到路口的便利

商店，買了個罐頭當做晚餐，此時，貓媽媽也跟隨著出現。耳朵邊畫出了一圈黑，「是在哪兒打滾給弄髒的？」

我如常地蹲在門這邊，看著那邊的牠們吃飯。不敢稍越雷池一步。牠們意猶未盡地吃完了。沒有像過去，舔舔整理自己的毛，然後滿足地離開，而是都貓蹲並瞇著眼。陪。我。

頓時，明白了一事，我要的不是牠們送我禮物，而是這樣安靜地陪伴就好。

月下散步

喜歡在下班後，陪漢漢散步。

太累了，就少走一點；累到情緒快崩潰，就去大公園繞一大圈。漢漢應該不會在意，他最喜歡長時間的散步，常常不小心就帶著情緒牽他晃晃走走。

漢漢還小時，橫衝直撞，人常常就被他強拉著走。於是，在狗狗教育訓練上，就常聽說當側身隨行。要讓狗乖乖地走在側邊，是有各種方法，不管是逼使，還是利誘，抑或是鼓勵，狗狗終會願意聽你的，依所期待而行。但他會覺得散步是快樂的嗎？我沒想造成漢漢任何不快樂，於是常常要求了五分鐘就放棄，但這就苦了妹妹和哥哥，怎麼拉也拉不住地快走，且速度不均等，方向絕非是正前方，但每每回到家，漢漢仍哈哈哈地，心滿意足地快樂不已，我想他心裡還是歡喜姑姑、伯伯陪他「散步」吧！

隨著他的年紀增長，外界對散步訓練有了不同的看法。回歸到就狗狗本身的立場著想，出門散步究竟是為了什麼？是為了上廁所，是為了紓解壓力，是為了增進彼此的情感，這些原因沒有一個是錯的，全部都囊括其中。於是，看似我的偷懶與不作為，卻意外地與國際專家觀點站在同一陣線，就讓他開心散步吧！讓他自在嗅聞這一路上種種到訪過的味道吧！不刻意要求他得緊跟著我。雖然散步的時間因此增長了，常常也耽誤到我上班的時間，但他開心最重要，這點從沒變。還有一個沒變的是不鬆開他的牽繩。

當然，偶有例外。

有天晚上，牽著他走出住家，因夜深，巷子裡不見人車，巷子那頭的Welcome紅橘招牌和小七的白紅綠招牌還亮著，為這已打烊的巷子，留存一點熱絡的假象。見漢漢嗅聞矮石柱殘留的味道，無莽撞衝動之意，一切看似自然，輕易地就將牽繩掛在他的肩上，決定今晚不牽拉著他，任他尋找他有興趣的味道。完全自以為是，自以為很瞭解他。怎知，突然地，他

以迅雷不及掩耳的速度衝過小巷，手根本來不及反應抓到牽繩，他似脫韁野馬快跑，我忍不住大罵：「Beckham！」我的罵聲並沒叫回他，反倒喊破了巷子裡的寂靜，像是搓破一個漲滿的大氣球，「啪！」的一聲，聲音大到是連我都嫌惡的巨大音量。

漢漢仍往前跑，我趕緊追上，深怕突然閃出一台車，把他給撞著了。伸手一把，不偏不倚地正打在他的屁股，他立刻回了神，急忙停住，愣住，這極短暫的停格時間，已足夠我立刻抓回牽繩，留定住漢漢。但我飆升的腎上腺素不會立刻下降，憤怒立即攻上心頭，開始大罵，也不管他聽不聽得懂，也不管錯不在他，錯在自己過於自信，鬆手任他遊走。但沒揮手打他，因為知道打了也沒用，只是憑添自己事後的悔意。

但憤怒仍在，無法棄遠。於是站起身，繩子不牽，往另一條更小的巷弄走去。像個吵架的情侶，愚蠢至極地，任性自顧走，嘴裡還罵著：「我不管你了！」

漢漢亦步亦趨小心地跟著，時不時眉眼抬起，偷瞧不理他的我，尾巴

不見剛才的開心擺動，微微地，下擺著，晃動。不敢動聲色地微微晃搖。走過小巷子，再拐向住家，沿著綠籬笆，我走在前，他跟在後。沒說半句話。

到了鐵欄大門，嗶的一聲，我走進了中庭，他被擋在黑色鐵欄外。他看著我。

「你要跑，你就自己去玩啊！」、「不要回來啊！」我不慍不火地說，但相信漢漢是聞得出仍無法鋪滅的餘火。但此同時，自己的內疚感也升起了。

「清盛啊！是你自己的錯。」

「他該受到教訓。」

我的天使與魔鬼，在半夜一來一往地對話著。最終，天使永遠愛著漢漢，手拿起磁卡，嗶地一聲，將門打開。原本無辜在門外坐著的漢漢，立刻跳起來，又小心翼翼地貼在我腳邊，尾巴晃啊晃，藏不住情緒的他，讓我知道他的開心，好聲地跟他說：「以後不要再這樣了。」這話似乎也是

對著我說。

我們沒有直接走入大樓，就在中庭裡坐著，手無意識地輕拍著他。抬頭，才發覺，月亮從雲梢間露臉，地面突然光亮起來，比起路燈的光照，那是更為全面的，無私的將夜裡點亮。風也跟著月光來了，輕輕地拂起漢漢的毛，那一晚，我們不急著回家，就在皓潔的月光下，相伴著。

天氣熱了

天氣變熱了，台北盆地籠罩著排不出去的沉鬱悶熱，整個城市像生了病，連大叫的氣力都沒有。才六月的第一天，端午節的粽香還未飄至，想逃離的心情已隨熱氣給蒸顯了。

每到夏天，我和漢漢都難受，得在更早的時間散步，得到更晚的時候才能夜遊，若起得晚，或週日下午閒來無事，想提早出門蹓躂，牽著漢漢走踏在柏油路面時，總會先一腳脫下人字拖，試試路面的溫度，就怕燙傷了漢漢的腳。

初見漢漢的腳時，四足腳掌的肉墊都粉嫩誘人，可愛極了，沒養過狗的我，以為會就這樣一輩子萌下去，但天使來到人間，汙濁的世間，讓他得堅固腳掌，以抵禦這人世的險惡，腳掌後來變色，轉成全黑了。

幼犬階段，他的肉墊不全部都是粉紅色的，在左後腳處，一出生就有

個米粒般大小的黑點，成了我標記他與兄弟姊妹的不同之處，否則每次探望，一大群圓滾滾的小黃金，如何辨別出哪個才是漢漢。

狗直接踩踏在地上有人嫌髒，就會幫牠穿上小鞋，如果穿戴得不習慣，就會看到不會走路或走路彆腳的狗，但因為狗的腳掌與腳趾與生俱來擁有抓地的功能，奔跑時都得靠連續的掌力，以增速或減慢，但穿上鞋子的牠們就只能優雅地走路，走走跳跳，像清代後宮的嬪妃，腳著花盆鞋走得婀娜多姿。此喜好不當多鼓勵。

某集節目，訪問台灣犬類用品商，問為何要研發狗鞋？他答說：「如果夏天走在熱燙的柏油路面，可防燙傷。」我一時接受了這理由。但事後想想，日正當中時，狗本來就不應該走在又熱又燙的大馬路上，看看悠閒生活在農村的狗兒們，哪隻在夏日早上十點後，還在路上閒晃的，不全都待在樹蔭下乘涼，避躲毒辣的豔陽。那生活在都市的人，為何要違反狗天生怕熱、容易中暑的體質，強拉著牠，陪你散步蹓躂？

天氣熱了，總有一些可以幫狗消暑的方法，喝冰水吃冰塊，每隻狗都愛。和漢漢散步回到家，見他舌頭又長又紅地垂掛散熱時，就會放一碗冰水，化化暑氣，他常就是趴在地板上，把頭全埋進了他的水碗中，飲水解渴也求沁涼，但不知為什麼漢漢對冰淇淋不感興趣，或許他明白「天然的最好」。至於剃毛，那恐怕只是主人的一廂情願，看起來會很涼爽，但忘了少了狗毛的遮掩與保護，直接面對紫外線與寄生蟲的傷害，恐非是個明智之舉。打薄他的毛，就成了自己每年夏天必做的事，春末夏初一次，大暑左右再做一次，手夾打薄剪，一處一處，慢慢地剪，等剪完了身長超過一公尺的漢漢，我的食指與中指也快孵出兩個水泡，從不以為苦。只是做完後，地上被修剪下的毛，掃一掃，排一排，又可集成另一隻黃金獵犬的模樣。

若怕熱，可以穿冰涼衣或睡涼墊，透過水的溫度或空氣流竄，讓狗不感到燥熱難耐，但怎麼樣都抵不過電風扇與冷氣，尤其是飼養來自溫帶的犬種，開冷氣成了溽夏最大的開支，但既然養了，就只好默默地買單。住

家裝設冷氣，也是為了漢漢，自己即使到了七、八月，還是不習慣吹冷氣睡覺，常常一吹，隔天就會喉嚨不舒服，甚至感冒，因此，整個夏天，就靠客廳散來的冷氣將房間降溫後，再靠電風扇就可入眠，而漢漢也樂於在維持二十七度的室溫之中度過炎夏。

悶熱難耐的氣溫，又最怕狗中暑，甚至可見糊塗的主人將狗滯留在車上，導致牠們熱衰竭，即使每到夏天不斷地耳提面命，狗容易中暑，如何注意狗可能中暑的症狀，提醒迅速用冷水幫牠降溫，然後盡速送醫，但每年還是不時聽到狗不幸中暑身亡的消息。

在漢漢臥病最後的那幾個月，好友們兩度探望他，盛情之下也難拒絕，見四五六人，圍著漢漢東南西北地聊天，還是萬分感謝，明白朋友不好說出口的擔心。同樣也是養狗的朋友，冷不防地握起漢漢的前腳端詳，並拿起相機拍下他肉墊的模樣，他那黑不溜丟的肉墊，如號數頗高的砂紙，粗糙磨人，即使刮到倒也不嫌痛。黑色肉墊經朋友一拍，才發現早已

忽略許久的腳掌肉墊，其實狀似心型。

因為太習以為常，往往會被忽略，連留心都無意。待朋友散去，我端詳著他黑色心型的肉墊，彷彿見到自己的黑心、粗心，為時已晚地感慨著。

猶有消息

歲暮年終，一家人帶著漢漢上山登高，眺望花東縱谷。兩列火車正巧南北反向分頭地從車站駛離，陣陣鳴笛聲，即使位在兩百公尺高的小山上，仍聽得相當清楚。視野開闊，人的心情也跟著舒展！「每年過年我們都上山吧！」跟妹妹預約明年此時再來到此。

漢漢這時變得不安份，跑下山坡探險。擔心會有意外，便叫他的名字，要他爬上來，見他吃力爬坡的模樣，我們不覺地大笑起來，笑聲在樹林間傳開。開心的他，止不住好奇心，又沿著小路往青鬱的森林跑去，漢漢聽見我在喊他，便以前腳追不上後腿，奇怪的節奏快速跑來，然後將整個頭窩進我的胳肢窩裡，撒起嬌。感受到他此時一定是無比喜悅的。

「啪！啪！啪！」，漢漢快速地甩動身體，然後靠著我，陪我遠眺縱谷。妹妹看著我們的背影說：「你再也找不到一個更愛你的。」是啊！有

一個愛你至死不渝的毛孩子，死心塌地地跟著你，夫復何求？拍拍沾黏在身上的毛，嘴邊不免抱怨嘟囔幾句，仍心滿意足地站起身，輕拍著漢漢，心裡感謝有他，深知這份質純且溫暖的情感，是情人所不能敵的。但好景不常，過眼韶光如箭。

不料，漢漢後來確診罹患惡性血管瘤，病情一如醫生一開始所擔心的，手術後回診結果，終究還是從脾臟流散到達肝臟，這是一條最直接的管道，不須長途跋涉地由連通血管直接攻入。也不是可惡的癌細胞不會長途跋涉，只是在心、肺等臟器，還沒發現它們的蹤跡。如果狗狗知道牠生病了，會是如何看待體內正有凶惡細胞在體內不斷地快速分裂、流竄呢？

「清盛，坐下來吧！」醫生拍著我的肩膀說。

仔細檢查後，醫生想說明接下來可能會遇到的種種情況。我應該有心理準備才對，從上次發現並緊急開刀，直到兩個多月後的今天，應該有足夠的時間接受現實。

我直截了當地說：「醫師沒關係，你就直說，我有心理準備。」說這

話的同時，淚水早蓄滿在眼眶裡，隨時即將潰堤。我，根本沒有準備好。

醫生說明後續可能的發展，最後說：「說了這麼多，接下來其實就是珍惜『當下』。」這氾濫使用到幾近已無意義的字詞，居然在這關頭擱躺在我眼前，要我接受認同！

「當下」，多半能接受這詞彙，不都是正面對痛苦、悲傷想找尋出口的人，即使是欺世騙人的藉口。應該很少人會在幸福美滿的時刻，領悟「當下」的警世吧！

「要生活在當下，你看看狗狗貓貓最懂得享受當下。」多位醫師偶爾會在節目中不約而同地說起這番話。看牠當下，一心一意地追著貓棒；看牠當下，在散步時專心嗅聞沿路的味道、或者專注於你手上的球或零食。我們卻不會好好與狗貓共享當下，甚至，時有不耐。《活在當下》的作者芭芭拉就寫到：

「我帶我的小狗碧珠，也是我最要好的朋友碧珠一起散步的時光，是我擁有真實剎那的時候。跟在牠毛絨絨的小身體後面，我會變得對路邊的

花草樹木或任何一點小聲響都非常敏銳；我會與牠輕鬆的節奏氣息相通，感受到牠的律動，牠的需求於是變成我的需求；我的心神完全投注在散步之中，不去哪裡也不做什麼。碧珠提醒了我：『或許人生的意義，不過是嗅嗅身旁每一朵綺麗的花兒，享受一路走來的點點滴滴。』」

當下，不該是只在痛苦、悲傷時才體知，而是該在幸福時也能感受。聞到桂花綻開，七里香撲鼻而來，欒樹不小心開黃花結紅果了，散步時的輕鬆愉快即刻透過牽繩傳達給狗寶貝。

關於醫師的建議，讓我不禁要問：「過去與漢漢的生活不是在當下嗎？」直到他離開，看到電影《年少時代》的一段話，讓我寬慰許多，它說：「不是我們掌握當下，其實是當下時時刻刻看顧著我們。」歲月荏苒，我們都只是時間下的一段片刻，也才明白天地四時，猶有消息。

青年公園

青年公園的春天深夜，靜悄悄的，連蟲鳴都藏入春泥裡。若不是因為和漢漢散步，走著走著走進了公園，不會知道原來晚上的公園，是可以漆黑到伸手不見五指的。

公園中心附近的大榕樹旁，沿著水泥步道，圍成一個方塊又一個方塊的區域，方塊堆排中自然形成一面積頗大的草坪，假日偶爾有人會在此互擲飛盤，充當親子娛樂活動，但每每經過這兒，卻常常就是一片空曠杳無人跡，任憑草坪自養生息。可能是已經過了晚上十二點，某些方塊周圍的路燈全滅了，只見園區主要人行道的路燈還亮著，昏黃燈光的亮度，足夠讓夜歸的路人感到安心，但離開人行道，走入小徑，光線頓時照亮不遠，根本無法照應路人步徑。不知哪裡借來的膽，和漢漢一同走進方塊中的草坪，並解開他的牽繩，放他在黑暗裡奔跑。在白天，眼裡屬於灰階世界的

他，是個標準大近視的傢伙，但當闖進墨黑之中，瞳孔放大得使他可清楚分辨遠方。黑夜對漢漢而言，完全不成問題，從他奔跑的聲響就可得知一二。

黑暗之中，他無拘無束地奔跑，擺明就是欺負視茫茫陷入窘境的我，我的每一步都走得格外小心，但他的每一大步，都是自在開心。他偶爾會跑回來，放慢腳步圍繞在我身邊，小草因他的步踏，發出稀稀疏疏的聲音，這聲音鎮定了我因漆黑而生的恐懼不安。知道他在我身邊，因為有他在，我才沒感到一絲害怕，抬頭仰望，連星星都沒閃爍打擾。

「其實我已經跑過了頭，我以為你在遠處，而你靜靜地從旁邊抓住了我的手。」《頤和園》裡的一段話，這夜，漢漢用他的腳步聲抓住了我的手，告訴我，他靜靜地就在我身旁。當我們無助，陷入黑暗之中時，才會發現早已不能沒有他。

相較黑夜的寂靜無聲，早上的青年公園可熱鬧了，說是一個小市集，

一點也不為過。遛狗、競走、散步、下棋、跳土風舞，還有幾處的卡拉OK，各方自成舞台，不可思議到常讓我駐足觀賞，忘了繼續往前走。青年公園人號稱老人公園，真到訪了才知名不虛傳，一眼望去，老年人就將近九成，剩下的一成多是移工外傭，她們推著伯伯婆婆到公園裡曬太陽，循著朗朗笑聲便可發現她們。台北人早已習慣公園裡有狗出沒，常見主人遛狗路過其中，不覺怪異，一切是再自然不過的。但碰到漢漢，因為他的體型高大，黃金色的披毛，在晨光與夕陽下，熠熠生輝，很難不引人側目，點頭微笑示意就成了我牽帶漢漢時必要的表情舉動。

除了夏天熾熱外，我們常走上公園裡的小土丘，吹風、發呆、無所事事，當做散步樂事之一。喜歡繞公園一大圈，連同來返住家的路程，一走常就是一小時光景過去，一見狗狗迎面而來，漢漢過於友好的個性，常帶給對方狗家人的困擾，面對可能的尷尬，馬上轉彎往別的方向走去，便成了一個好方法。但唯獨某條路，他聰明地不會隨我腳步踏上去，那就是黑色鵝卵石鋪成的健康步道，他不跟我走上較寬的石頭步道，寧願走在窄

小的側邊。似乎明白那條特殊步道，其實是假健康之名，實無活絡血路之效，又是必扎痛腳掌不好走的怪路。青年公園雖不是台北市排名前三大的公園，但附設游泳池、棒球場、高爾夫球練習場等大型運動場地，還是齊全得令人嘖嘖稱奇。喜愛小白球的漢漢，第一次到訪發現高爾夫球場時，還故意停下腳步，以為有撿不盡的小白球吧！

直到漢漢離開的前兩天，仍推著他到公園晃晃，車停在蓮花池旁的棚架下，池中的噴水被風一吹，偏斜落到我們的身上，我唔唔地，發出了兩聲驚奇，但不見漢漢的笑容。他發呆望著池子，心裡在想什麼呢？他或許心裡明白，不會再來了吧！而我一直到現在，沒再踏入青年公園。

仲夏千島湖

在他生病後，只成功安排了一次出遊。那也成了唯一的一次。

自以為浪漫的我，選擇一個錯誤的日子，在自己的生日這天，帶漢漢出去玩，起初只是猜想平日人較少，以生日當請假的理由比較合乎情理。不料是度過了最後一個有漢漢陪伴的生日。

帶他遊山玩水，是從他生重病後，開始設想的計畫，因為不知道腫瘤何時會復發，見他體力好轉，就決定小遊，第一站選在新北市的千島湖。在早上七點不到就出發，希望在氣溫變高之前，到達千島湖，依稀記得網路上查來的路線資訊，沿著北宜公路，來到石碇，在刻有紅色永安社區字樣的巨石處右轉，然後會見到一條落葉松的小路，沿著松林往下開，即可看到千島湖的指示牌。我心中這樣背著，沒做詳確的地圖研究，就自以為準備充裕地出門。

路況一路順暢，因為車子都集中在對向，上班上課的車潮與我們反方向。心情輕鬆，見路樹綠蔭也拾得一份閒情，將車窗打開，自山裡吹來的涼風不客氣地灌進車內，我們的言談，因為徐風變得輕快許多，坐在後座的漢漢，感受到出遊的愉悅氣氛，也樂得倚窗騁風，好不快意。

很順利地見到巨石路標，車沿著坡往下滑，皮膚微小的細胞，開始泛起疙瘩，體感溫度變得更涼爽。在一下坡大彎處，忽見千島湖靜靜地在眼前展開，一座一座地相連，寧靜自然。將車暫停，抱著漢漢下車，牽起他去看湖。「醉翁之意不在酒，在乎山水之間也。」我們雖無歐陽修的風流雅興，倒也偷得半點閒雲之趣。但漢漢不在乎湖光山水，也不在意醇酒美食，和我們坐車同遊，就足以讓他開心許久。

車子慢速滑行在山腰的產業道路上，尋找通往千島湖的路，見路面上噴著白色的千島湖大字，循指示將車停妥後，徒步走向步道。沿路還是說說笑笑，友人執起相機，想拍下我和漢漢的背影，我們並不想為拍照而拍照，沒因此刻意地停下腳步，於是照片怎麼拍都是晃動模糊的，取笑友人

幾句後，繼續往前走。

步道路口的距離標示，使我們認為千島湖已在不遠處，但走了超過半小時，絲毫未感覺到盡頭將至的跡象，扶著水泥護欄往下眺望，若要走到山下，最靠近千島湖的茶園，絕不是再數十分鐘便可走到的。考量漢漢的體力，決定折返。

不知為什麼夏蟬還未唧唧報信，蒼蒼綠林間不聞牠們的鼓譟鳴響。是錯過了時候，還是早上的氣溫尚不足以喚醒牠們的動念。張潮說道：「春聽鳥聲，夏聽蟬聲，秋聽蟲聲，冬聽雪聲；白晝聽棋聲，月下聽簫聲，山中聽松聲，水際聽欸乃聲，方不虛此生耳。」雖然我們沒有聽見蟬聲，也未走到山中盛傳的美景之處，但遙望仍是景，不一定非得親臨才算到訪。步道林蔭間有漢漢相伴，心情舒暢，便心滿意足了。

因走回去的路還要好長一段，決定請友人與漢漢停在車子可轉入的地方等待，獨自走回去將車駛進載離他們，好讓漢漢也保留一點體力。轉身離開時，漢漢突然地汪汪叫了好幾聲，並焦急地踱了幾步。他的聲音早已

不是年少時的中氣十足，平時鮮少喊叫的他，這一聲聲沙啞的叫聲，聽得我心都碎了，他已竭盡全力地喊，明顯吃力低啞。

回頭對他說：「我去開ㄅㄨㄅㄨ，等一下就來接你喔，乖！」我用習慣與他對話的語調跟他說話。

接上他們後，又在山裡小繞，發現一處離湖更近的絕佳拍照處，再停車讓漢漢與千島湖留影。本想再到石碇的老街、河道民屋走走，但迫近中午的炙熱高溫，使我們卻步，漢漢無法於日正當中曝曬行走，最後提前返家，結束我的生日半日遊。

事隔半年，三月春暖後，各家媒體報導賞櫻花的訊息也到了尾聲，打開電腦，去年八月遊千島湖的照片，在臉書上莫名跳出，與漢漢同遊的照片重新挖起我的回憶。當時，車子要離開千島湖時，我們誤闖了一處櫻花林，靜無人煙，雜草叢生，樹雖然長滿了綠葉，但仍看得出是櫻，記得我有允諾說：「明年生花抽芽時，一定還要再帶漢漢來！」半年後，桃粉、

嫣紅的櫻花應該都已謝了，我忘了當初的承諾，因這承諾已永遠無法兌現，注定食言。

微風陽台

漢漢離開前的一週，她問我：「需要什麼幫忙嗎？」

「他想要洗澡。」我簡單地回她。

她是原在圓山租屋時結識的朋友，在住家後方的一排房子中，開了一間自己個人的小型犬美容工作室，因為對寵物美容中心曾有的不良感受，便沒再想帶漢漢去做狗美容，花錢又受氣，一切完全自己來，也沒想就近到對面吹整。又因為她的工作室只接受中小型犬，我們也就沒敢奢望，不作多想。或許是因為漢漢常在我出門後，走出後方落地門待在陽台吹風，而工作室的美容桌正好可以低頭望見漢漢，偶爾在遛狗時會與美容師不期而遇，某日美容師主動提議要幫漢漢洗澡，拗不過盛情，便欣然接受。一次之後，不好意思再次麻煩，但還是會牽著漢漢去拜訪，互送小禮，彼此

也就成了朋友。

後來，工作室喬遷，漢漢還是去光顧，麻煩她幫漢漢吹毛修整，她總稱讚漢漢好棒！好乖！若我不方便現場等候，還會即時傳寄漢漢洗澡時的照片讓我安心。只是自己工作太忙，自覺不好常給她添麻煩，就鮮少拜訪，往往在深夜散步帶漢漢經過附近時，總會繞到店門口，看看店門關了沒，讓漢漢打聲招呼，寒暄一番。

直到兩年前，我和漢漢搬家了，她也搬離台北市，我們就不再碰面，僅偶有聯繫，她總說，帶漢漢來看她。應聲說好，只是一直沒有履行承諾，直到漢漢罹患癌症。她得知漢漢生病的消息，大老遠地來看漢漢，還寄了牛肉、羊肉，說是要給漢漢補身體。漢漢還記得她，開心地汪汪了兩聲，只是體力早已無法開心繞圈，只能靜靜地躺著陪她。

她的一句問候：「需要什麼幫忙嗎？」讓漢漢能再次見到她。

她得知漢漢想洗澡，便二話不說地跟我約了時間到家中，幫漢漢洗

澡。這時的漢漢無法站立太久，所以別說沖洗，連吹乾都是不可能的事。她請我準備一盆溫水，然後將她帶來的沙威隆倒入一點稀釋，毛巾浸潤在臉盆中，手輕輕地壓著毛巾，再拿起並擰乾。

她從頭部慢慢地，小心翼翼地擦拭。打開方大的耳朵，輕拭外耳的耳垢；抬起腳掌，撥開指尖，仔細地拂拭腳下的垢塵。漢漢舒服得眼睛都瞇起來了，全身擦拭完成後，借了吹風機慢慢地，動作輕柔地吹乾他的毛。

再三地道謝，謝謝她幫漢漢完成心願。她說：「是我該謝謝漢漢，過去每天都是他在陽台上陪我工作。」他們每天都在說什麼呢？每當風起兮，大榕樹搖曳沙沙作響時，漢漢總會走到陽台小憩，他們的友情就在那窄小難轉身的陽台上建立起來了。

擦拭完，她還陪了漢漢一會兒，臨走前，送了一個咖啡色的熊布巾，可捲起來方便攜帶，打開來就成了一張舒適的毯子。漢漢咬著它當答謝，就佔著它不放了。

漢漢最後的那幾天，坐在推車，一起到公園曬太陽時，那捲熊布巾也帶著。過世時，將熊布巾打開鋪蓋在他的身上，希望朋友的愛溫暖已離開人世的漢漢，讓他能不感孤單，也希望他記得那個在舊家陽台上，一直很關心他，與他相伴的姐姐。

動物溝通師

時間的河倏流而過，無法再汲留，記憶像頑固老頭般顛倒是非。但我還是拼出點碎片，在那個夜晚。

醫師蹲下來，對著半盤坐在醫院金屬地板上的我說話，冷調鐵灰的地板在這時更是怎麼樣也烘不出一絲絲的溫暖。他說：「漢漢恐怕剩不到七天了。」終於碰到這日子了，雖然這半多年來，我們都面臨煎熬，與一次又一次再一次的挫折，但真的親耳聽到醫師等於要我準備後事的話，心中還是認為這事不是應該還很遙遠嗎？覺得不是才剛剛養漢漢的嗎？他圓滾滾憨厚的模樣我還清晰記得，他要賴不願順從我的固執表情，不是才剛表現出來？我是不是錯過了什麼，一切使我恍惚不覺得真實。

不記得跟醫師說了什麼？只記得漢漢那時虛弱地趴在我的大腿上喘

氣，他見我淚流滿面，抬眉張眼看著我，我摸摸了他。沒說什麼？醫師就讓我們靜靜地靠著落地玻璃坐著。

回到家，將漢漢妥適安置後，就先向電台請假一週，也趕緊聯絡隔週的節目來賓，更改訪問時間提前預錄。因為無法預期未來七天間會發生什麼事。

隔天晚上趕至電台預錄節目，星期天的晚上是電台最少人工作的時候，安靜得方便我不動聲色地出入，避開過多的關注。

打開錄音室的電燈與相關器材的開關，工作的心情也隨之切換打開，錄音室裡的燈不是明亮慘白，反倒如冬日夕陽的黃昏，給人不孤單的感覺。

受訪的動物醫師詢問我漢漢的病情。

「我感覺到漢漢不知道發生了什麼事？」、「每次漢漢看我的表情是無助的，是疑問的！」我答說。

醫師明白地問：「那要問動物溝通師嗎？」

動物溝通師是藉與動物間能溝通的能力，幫人與動物找到心意溝通的方式，但因為經驗累積的不足，傳達或解讀動物傳來的訊息也可能會出現誤解。因為醫師認識一位溝通師，在我仍猶豫不決時，已熱心地先問溝通師是否有空可以立刻協助。我的猶豫不是我信或不信，人在最無助的時候，已無法仰賴簡單的相不相信去尋找解決之道，在迷宮中出不去的我，只能憑著當機立斷的選擇。我真正的猶豫是在於能不能承受漢漢臨終的坦承。

「漢漢問，為什麼我只剩七天。他說，我還好好的，我可以走路，可以吃飯。為什麼？」

「我知道爹地愛我，以前不清楚他要我做什麼？慢慢地我懂他的意思了……」

漢漢經由溝通師直接提出他的疑問，但我的淚水早在他的第一句話

「我還好好的……」潰堤了。一路來，小心翼翼地照顧他，怕他髖關節的舊疾復發，怕他老了不良於行，怕他餓著，怕他嫌東嫌西不快樂。即使再累，下了班還是會陪他走走，那是我倆單獨相處的時光，沒有人會打擾，連電話都放在家裡不帶出門。履行著獨愛他的承諾。

他明白自己的終日可能即將到來，反回過頭來要謝謝我。我抱著聽筒，跌坐在地板上，哭得無法自已。告別為什麼這麼地殘忍，還要我接受到最後的一份關愛。

漢漢問我：「我們不是還有很多地方沒去嗎？」、「你不是答應我要去很多地方？」他傳了一個綠色山坡的圖案給溝通師，她反問我：「這裡是哪裡？」我完全不記得曾經答應他要帶他去哪座山？陽明山？武陵？還是他曾上去過的老家山坡地？這一點我們遲遲討論不出來。

「對不起。」是我最後的回覆，請原諒我鮮少帶你遊山玩水，如今，後悔早已被揚棄關在車門外，只能孤站著見他揚長而去。

從漢漢體力不支昏倒開始，一直想找他身體允許的時候，再開車帶他出去走走，甚至計畫再帶他回老家，讓父親看看他。無奈他的體力實在無法負荷長途，舟車勞頓，一度好轉，堅持要帶他回家，但出發的前一夜，他因病緊急送醫。回家的承諾一直到他離開沒能再達成。

「那你還有沒有話想說的呢？」稍微冷靜後問漢漢。

「飯可以多一點水？很乾，不好吞。」、「飯可以再細一點？」

自從漢漢開刀之後，我們就將他的食物全部改為鮮食，完全自己煮，平時多少有在吃鮮食的他，對於鮮食不抗拒甚至喜歡。張大春大哥知道我不給漢漢吃乾飼料後，熱心轉達聽眾多吃五色蔬果的建議，於是每天早上去朝市、超市成了我來來往往，不嫌厭煩的路。為留住食材的營養就選塔吉鍋烹煮漢漢的三餐，因他體力不繼，得追加蛋白質，就多增加他的第三餐——宵夜時間。常常從電台開溜先回家料理漢漢的晚餐後，再趕回電台繼續未完成的工作，那時很辛苦，但沒埋怨，因為一心總還抱持著希望，腫瘤不會擴散復發。但他的體重持續下降，卻又是不爭的事實。

煮熟的菜肉會用料理剪刀一段一段的處理好，如果胃口不佳，蛋已經無法打動他了，只好派出羊肉、牛肉、雞肝和地瓜利誘，後來這些都成了普遍家常菜。若不是經漢漢一說，我始終找不到為什麼他常常不能把飯吃完的原因。聽從他的希望，改變了膳食處理方式，漢漢每餐都吃得精光。偶爾他停住不吃了，我拿著盛著肉菜的湯匙對他說：「漢漢乖，爹地答應你把飯弄細，你也要把飯給吃光光喔！」從小乖巧的他聽完這話，就會不拒絕，一湯匙，一湯匙地把大碗裡的食物吃淨。

漢漢說，覺得自己髒髒的，想洗澡。我答應他，但也對他說，他無法控制排尿，常常就趴躺在尿液之中，問他是否可以包尿布，或是請他在尿墊上尿尿，這樣比較不會弄髒了他，我再事後處理就行。但他選擇要我帶他下樓上廁所，一直到他離開那天，他沒再失控地在客廳流尿，一直堅持走到樓下，才上廁所，一天五、六回，半夜、清晨說什麼都要起來，帶他去尿尿。在他離開的那天早上，看到客廳地板上，好大一灘顏色極淡的尿

水，滴滴點點畫出了一幅遊走地圖。我跟漢漢說：「沒關係，爹地擦擦就好。」、「有尿尿很好啊！」如今回想，才意會那天早上他想走動，怎知站起來尿液便不由自主地開始淌流，他無法控制，最後只好瑟縮在沙發椅前，用眼神告訴我，他還是壞了事。自始自終，他還是力求自己是個愛乾淨的孩子。

那泡尿是漢漢身體已支撐到臨界點，潰堤前的表現，他不吃早飯，在我抱著他，輕拍著他，和他說話的時候，便向我告別了。我不知道那是告別的時刻，以為等一下他就會願意吃飯，就像過去一樣，他會餓，再餵他就行了。但他還是闔上眼睛選擇在我懷裡走了。

傳了一個訊息給溝通師，告知漢漢已於早上離開當天使了，謝謝她的協助，寫著「他會永遠在我心裡。」晚上，溝通師回了簡訊告訴我：「不論您相信與否，漢漢說，家裡有天使在守護著。」

彩虹那端

巧克力蛋糕被吃淨的盤子，留下了我叉爪梳爬後的痕跡，一如畫家的油畫色盤，就只有單色——巧克力色，在湖綠色的蛋糕盤上，游移。

深黑色的小螞蟻在桌上看似無目的地亂竄，頭一直低著，不停搓擦觸角，是尋找回家的蹤跡？還是探尋食物的味道？如果牠爬上盤子搬運存糧，是不是今年冬天牠就飽足無虞了，我心生疑問著。但牠也可能只是探路一號，啣拾回去的食物屑渣，可能牠是最後一個才吃得到的，就像一群流浪狗中，最外圍的小囉囉，平時總是第一個出聲嚇叫警告，但牠卻是狗群中最瘦小，食物佳餚牠往往也是最後一個嚐到。想到這兒，就不忍心捻死小螞蟻，縱任牠盡情爬索。

死亡，對牠們是否都過輕，一如蟬翼。而對生命的悼念，不是我在這世曾做了什麼？應是有沒有人記得我。

歷史對人的意義是假的，唯一真實的是有個人在某日憶起已然消失的你時，你才突然有了意義。聶魯達說：「愛情太短，而遺忘太長。」正因為這樣，每天從不逃避地想起漢漢，深怕須臾間忘了他。漢漢有我記得他，但那些無主的流浪狗貓、眼前略過的螞蟻，有誰會記得他們曾在此世存在過。

漢漢走的那天，天氣出奇晴好，那年冬天應該是台北難得冬雨下得少的一年，少到沒人會想起有首舊時的流行歌〈冬季到台北來看雨〉。雖然，醫師已預估漢漢只剩七天的生命，而那天正是第七天，但我們無意特別記得，和妹妹本都有短暫出門的計畫，想如常地過生活，以為這樣能騙過時限催逼。過去六天，向電台請了假，全天都陪著漢漢，一人一狗常躺在冰冷的地板上，盡說些無趣的話，拿起手機，玩些無聊的合照。等用飯時間到了，就開始準備他的四餐，日子再簡單不過。

那天一早起床，看到漢漢站起身，用無辜的眼神看著我，好像跟我

說：「對不起，我還是尿尿了！」

好大一攤的尿，滴滿了半個客廳，這是過去六天來，他第一次忍不住地在客廳尿尿，也是唯一尿得最多的一次，像是無法關住的水龍頭，將尿無限制地狂流。我沒不悅。只說：「沒關係，爹地擦擦！」、「你不是故意的，我沒生氣。」好聲好氣地跟他說，希望他理解釋懷。但那天「沒關係」三個字卻沒法抹去他眉頭上的陰鬱。

我大喊：「妹！」請妹妹先帶漢漢離開客廳，方便清理，拿拖把、報紙，有條不紊地從容整理善後，而妹妹在一旁安撫漢漢。

好不容易清理完了，弄好早飯，但漢漢完全沒胃口。反應遲鈍的我也沒多想，就把他的飯擱著，讓漢漢枕靠著我的大腿休息。我倚著牆，輕聲細語地跟他說話，輕輕拍著他的背，一如往常地，用我習慣表達疼愛的方式，如每個星期六的早上，悠閒輕擲時光。

因坐在陽光照射不到的餐桌旁，沒法見到光影正逐漸縮短與偏移。時

間光線的移動並非直線的，要感受到時間正在縮短流逝或緩慢移動，必得有比較的一方，才能讓時間流轉遞嬗有了比對。我流轉的時光，因為有漢漢，作為日晷般的指針，才讓我能感受到時光匆促與殘忍的真實面目。潛意識裡，只能假裝沒有時間的催促，我們仍舊相依偎，不思量。

突然，有股糞便的臭味。那是漢漢的大便味道，撿了十二年，怎麼說都一定能辨識，我起身看到他的屁股下排出了兩坨屎，沒經驗的我，這時仍沒意識到這是漢漢將走的最後徵兆。清理完後，回頭又讓他的頭倚著我，繼續唱著歌，突然大便的味道又傳來了，這回是帶著疑問清理，突然漢漢身軀抽動了起來，令人驚駭的急速，我從沒見過這反應，嚇哭了，哭喊叫著待在房間的妹妹。

此時，知道漢漢要走了……就要走了。

我慌亂哭著跟他說：「好，不要害怕，爹地在這裡。爹地在這裡。」他的眼睛沒打開，一直到他的身體停止顫動，直到他吐出最後一口氣，我再也沒見他睜開他的眼。「他最後有看到我們嗎？」疑問至今。

「漢漢，乖！」好像是我們唯一說的三個字，不斷地重複，不斷地再重複，因為我們不知如何話別。原來永遠的告別只會讓我們詞窮。

四周變得非常安靜死寂。在驚嚇與痛哭後，一切恢復了暴雨過後的寧靜。任何的一點聲響對我而言，都是如雷響的極大轟鳴。嚎啕大哭後的啜泣，就像地崩山裂終會恢復寧靜，只剩漫天沙塵。

手抖得根本無法拿穩手機，但還是強自鎮定地發了幾個訊息給朋友，無法多說，只寫：「漢漢走了，謝謝你。」也打了通電話給漢漢的醫師，告知他早已預期的事情，幫漢漢向他說聲感謝，謝謝他這十幾年來的照顧。生命頓時離開，只剩下簡單言謝的轉身時刻。

用稀釋的沙威隆清潔擦拭漢漢後，我和妹妹輪流陪著漢漢，在他身旁念起一圈又一圈的玫瑰經，願漢漢一路好走，希望他能跟著聖頌，循聲去到另一個我所不知道的世界，這是這幾天早已殷殷交代他的事。我承認自己並非是一個虔誠的天主教徒，只在有所求、有所惑時，才會拿起玫瑰念珠懺悔祈願。

三點零五分，抬頭看了牆上的鐘。想起請假前先預錄好的節目，一開始就選放了一首歌曲給漢漢。

打開收音機，聽到自己說：「我不知道他會不會聽到，節目的一開始想私心地播放一首歌給我最忠實的聽眾，他從第一集開始聽，這節目也因為他才產生的。他是我最愛的兒子，貝克漢，這首《我的寶貝》是點給他的，是我們每天散步時最愛哼唱的歌。」廣播那端響起張懸的歌聲。

「我的寶貝寶貝，給你一點甜甜，讓你今夜都好眠；我的小鬼，小鬼，逗逗你的眉眼，讓你喜歡這世界。」初次見面時，以為是我們將帶他去認識這個世界，但養著陪著，開始明白，是他帶著我去探險這方世界，是他讓我開始喜歡這個紛亂人間。如果沒有他，我的天地永遠僅只是一個再微小不過的小框框而已。

「嘩啦啦啦啦啦，我的寶貝，孤單時有人把你想念，唉呀呀呀呀呀，我的寶貝，要你知道你最美。」以前總唱到這句時，就自動轉成你最「帥」！他是我心目中最帥的狗兒子，毫不懷疑。已忘了錄音時，是如何撐過的，

只記得播出當天，張懸的音樂打破了一早到午後幾小時的寂靜，淚水又潸然落下。《我的寶貝》從此成了我的禁歌。如果漢漢的離開能像場狂風大雨後，洗盡一切容易讓人落淚的細微灰塵，透露清朗的藍天就好了。但我明白，終究是無法讓悲傷和緩。

許久未下的冬雨開始飄灑，不大不小的短暫陣雨。

當禮儀社裝箱帶走漢漢後，一刻不等地收拾他的水碗和墊子，那個碗還是今年從東京新購回多彩羽毛彩繪的鋼碗。想藉收拾調整心情，動手整理以後再沒有漢漢身影的空間，拿起他的涼墊到陽台刷洗時，不知為何，有個念頭要我轉身。

腰一直，頭一轉。看到剛剛短暫的落雨後，東南方的天空，畫起了一道彩虹，「彩虹！」我大聲地喊，讓妹妹和朋友聞聲往陽台走來。突然，我難以抵禦地又大哭了起來。我仰面而泣地明白是漢漢在告訴我、安慰我：「我去彩虹的那端了！」別再為他擔心。

第十個約定

焚化爐的煙囪裊裊升起灰白色的煙霧，雙手合十抬頭仰望著。我們終究還是走到這一步了。眼淚又大滴大滴地抖落，想起許諾過漢漢的事，抱著妹妹哭了起來。

在過完漢漢十二歲生日，照例帶漢漢到醫院做年度身體檢查，血檢的數字一片藍，漂亮到醫師的恭喜道賀聲，至今仍難忘。他說：「清盛，放心啦！」但短短不到三個月，漢漢倒下了，他的體重也短短三個月驟降，瞬間掉了六公斤。漢漢突然變得好老，體虛羸弱。他老到無法跳起來擊掌玩「Give Me Five」。十月二十八日晚上，他側趴在地上，我跪在他面前，伸出右手，說：「Give Me Five！」他好奇地伸出右掌，怯生生地抬在半空中，並狐疑地看著我。繼續說：「Give Me Five！」他的眼睛擠動著疑問。

再說一次！「Give Me Five！」他緩緩地將右掌輕輕地碰觸到我的右

手。當下，我高興得大大地稱讚他：「Good Boy！」並且大笑，用力地搓弄著他的臉頰，他感覺他做對了，感覺到我的大樂。他也跟著嘿嘿地，呲著嘴笑。

「Give Me Five！」繼續要求，他繼續擊掌。那一夜，歡笑不絕於耳。

狗雖然老邁了，牠們學習的心從不會因此停止，為了贏取你的笑容，哪怕只是短短的一分半刻，牠還是勉強配合著。

十月三十日，深夜散完步後，如往常地擦淨他的腳，這個已經熟悉十二年的小動作，一聲：「擦擦！」漢漢就會放鬆一隻腳，任我擦拭。然後，再說：「換腳！」十數年如一日。

和他平躺在冰涼的地板上，窮極無聊的我，總愛戲鬧他。轉頭一隻手指在他的右臉頰上，往後拉起他的嘴角說：「要快樂喔！你要快快樂樂喔！」他嘴角一揚，真的展開笑顏，冷不防地舔了舔另一隻手背，還用右腳搭著我的左手臂，溫柔地看著我。

我知道他說：「好！」答應我會快快樂樂的。

漢漢有個心願，說是我早先曾答應他的，就是去植物園玩，至於其他地方，因為他的身體狀況實在很難做到。體力看似還不錯的時候，推著新買的狗狗推車，帶他去植物園走走，車子已經是最大的，但漢漢坐上去後，還是嫌擠了點，屁股險些進不去車子裡。

沿路，旁人的側目或冷言酸語，還是多少影響了心情，但明白讓漢漢開心最重要，全然不管陌生人的閒言閒語。植物園門口公告犬貓不能進入，那待在推車裡可以嗎？選擇從園區後方的荷花池進入，但也只能到荷花池停步，不宜再深闖直入。晚秋的荷花池，一副枯槁無生氣的景象，不見荷葉悠然開展，擎起朝露。我還是拿起相機記錄這一趟「小」旅行，漢漢隔著推車的黑網，依舊笑逐顏開。

十一月四日，火化這天，望著漢漢乘飛的煙霧，在灰陰的天空之中，顯得更慘白些，我抱著妹妹說：「答應漢漢的事，我做到了。」一個做狗

爸的最後欣慰與懺悔，曾答應漢漢：醫生宣告的最後這七天都要陪伴他，不讓他感到害怕孤獨。

記得，漢漢五歲的時候，有部電影紅極一時，電影片名是《與狗狗的十個約定》，那時電影公司還送了幾個半張A4大小的電影磁鐵，上面寫著「犬と私の10の約束」，沒有附上十個約定內容，自己留了一個就一直掛在大門上，每天關門開門時，藉機提醒自己。十個約定的第九條：「請想想，我的生命有十到十五年，請不要遺棄我。」；第十條：「請在我最終離去前陪著我，這是我最後的心願。最後，請記得，我愛你。」

最後，照著「與他的十個約定」，告訴自己：「我都做到了。」

叮咚

漢漢走後的第二日，未告知同事，趁週日晚上電台人少的時候，返回電台處理接續請假三天得該預先做好的工作。因為人不多，可以在安靜不打擾他們的情況下潛入，完成工作後再迅速離開，畢竟面對悲傷的人，我們很難表達安慰，現下傷心的我，也很難展開笑顏與人交談。就這樣，等做完事離開電台，已近十二點子夜時分。路邊商家都熄了燈，只剩騎樓招牌與路燈的光暈。少了商家門市內的燈光，城市剎時減了喧囂，多了孤獨。

我快步行走，想閃躲黑夜的孤寂之感。突然，急停下腳步。

「我在趕什麼？」我問我自己。強烈的酸楚湧上來，如果再多踏一步，我將會在路邊大哭！

「我在趕什麼？現在已沒有人在家焦急地等我回家，等我餵他吃飯

了。」漢漢已經不在了，我每天衝回家的動力，在此刻完全像已到頂的浪潮，碎裂退散，急速退到低於海平面下。

十二年來，總有個小朋友，天天等著我回家，哪怕只是換盆水，裝碗晚餐，如此簡單的事，我們都開心每日這一刻的到來。如今，我什麼都沒有了。空虛感讓我又墜入黑洞之中，即使伸手呼救也無人發現。

深夜的台北街頭，最明亮顯眼的就是便利商店，像孤島上的燈塔，在漆黑大海中，給城市夜歸人一道強大的光力，卻也照亮無法躲藏的寂寞。住家樓下剛開了一家小七，不帶半點情緒的白色日光燈引我入內。

如果一個家沒有人等你回家，那還是家嗎？我沒想回「家」，只能暫時泊留在慘白色的小七裡。

晚餐還沒吃，隨手拿起冷藏架上的奶油培根義大利麵結帳微波，權充一餐，才吃了一口便停下叉具，這麵完全無味，根本難以下嚥，是我吃過最難吃的義大利麵！在心裡大罵。沒想繼續吃，便草草地丟進垃圾桶。

此刻還是沒想回家。就枯坐在便利商店裡的空位上。如果工作人員在倉庫裡補貨，店面裡就只有我一人。因為店裡店外明暗落差太大，以至於坐在小七裡完全看不到對巷街景，我，就這樣被孤立在沉默之中。

想起從前，常在深夜和漢漢散步，經過便利商店時，總會對裡頭坐著的人心生好奇，「他們為什麼還不回家？」而今我竟然也化身成為路人疑問的一角。小七內的我們，是否都因為各有傷心事而止步於此呢？

「叮咚！」門打開了。漢漢每次聽到便利商店門開啟的聲音，就會停下來，像隻飛蛾往這片光亮撲去。街貓浪犬會為了食物而逗留在店門口，而他是因為有舒爽的冷氣可吹而喜歡闖入。漢漢總被這聲音制約，現下的我不也被同樣的聲音制約，以為這聲響可以重啟我的回憶。

當叮咚聲再響，我手中早已空無一物，沒有了牽繩，更不見狗狗執意走入屬於我們以為幸福的那道門。

留在我身邊

在一八八八年，埃及的農夫挖掘到一座大型古墓，埋葬的不是人，是貓。數十萬具貓木乃伊層層堆疊，深厚到居然化成了一地層。狀態保持最好的木乃伊，被村子裡的孩子轉向觀光客兜售，但大部分的古物都運至利物浦，當肥料撒在英格蘭的農田上，聽說大約有十八萬具貓木乃伊就這樣死後流落到英國，但終究塵歸塵，土歸土。中國人說，入土為安，十多萬隻的貓不再被束縛於千年纏綁的亞麻布中，能得以掙脫喘息，像被吹散的蒲公英，一剎那，無負擔地往天際高飛。

當時不只貓，死後要當陪葬品，陪伴主人長眠於地底，若彼此生前無親密關係，硬要死後相伴也算是一種折磨。曾在一個法老古墓裡，發現一具亞麻繃帶已脫落的狗木乃伊，牠是隻長毛獵犬，形體細微到毛紋生長方向都清清楚楚，栩栩如生。研究人員認為，生前看起來是備受疼愛，連死

後也特別為牠準備一墳穴。如果有為牠建一墳，代表著生前主人的寵愛，若將此標準放在二十一世紀，恐怕絕大多數的家犬、家貓都無法列為寵幸之列。

在漢漢生前，曾想過如果他走了，該葬在何處？葬在我們平時散步會經過的斑葉灌木下？因為好找，遠遠地就可以看到像白色顏料被打翻，灑滿整株樹葉。在小路的轉彎處，可見人來人往。

但漢漢離開後，遲遲沒將他入土，骨灰一直陪著我。完全是因為自私，這無須辯解。

曾有聽眾 call-in 跟我說，她的狗狗已過世三年了，一直都沒安葬，骨灰就放在家裡。依稀記得，自己是這樣跟她說的：「還是找個地方安葬吧！放手讓牠安心地走。」記憶深刻，是因為節目結束後，內心一直很介意那段對話的內容。

如果是我，有天碰到了死生離別的時候，能像在廣播中這麼乾脆地勸

服自己嗎？如今看來，是不能的。

找個藉口，說不知道要把漢漢葬在哪裡？葬在台北嗎？但台北不是我的故鄉；葬在花蓮，自己又不生活在那兒，舉棋不定，於是就先安置在台北住處。這樣自我安慰。總有個另類的說法會問，不怕「影響」到你嗎？沒感覺，便簡略帶過。但有天朋友說，感受到漢漢仍在家裡。聽到這話，我沒半絲恐懼，反倒多了點開心。因為他還在我身邊。

安妮斯頓自製自演的《蛋糕的滋味》（*Cake*），女主角安妮斯頓因一場重大車禍，使得她身上、臉上都留下極大的疤痕，她的心裡也有著揮不去的陰影。她轉往酗酒麻痺自己、性事放蕩，好逃避身心所帶來的巨大痛苦。直到一場心理互助會上，與自殺身亡女子妮娜的丈夫結識，兩人各自隱藏自己的傷痛，介入彼此的生活偽裝成日常幸福的一員，然而，生活慢慢有了細微與不自覺的改變。

在電影裡，她的房間永遠都是昏暗的，窗簾始終拉上，不讓日光照

入，走不出的情緒，就像不開窗的房間，陰鬱無解。到最後，安妮斯頓經過幾番轉折，自己釋懷了，窗簾拉開，房間恢復明亮，這才發現，她兒子的骨灰始終放在她的床頭。一樣沒有入土，一樣不曾走出。是不是只有我們饒恕了自己，才能從悲傷與絕望中走出，才會學會鬆手，將骨灰入土埋葬，道別感謝後，讓彼此走向下一段故事，展開下一段情節。我，沒有答案。

漢漢離開後，恢復上班，好友怕我太封閉，漩入低潮，於是力邀陪她去看電影。在車上，向她坦承漢漢的骨灰並沒有遝行入土，或像他人深深感謝一路相隨後，撒向天際或蔚藍大海裡，而是留在身邊。見我無設防地陳說，好友也坦言，她的幾隻貓跟漢漢一樣，一直陪伴著她。

「你不是經常搬家嗎？那些貓怎麼辦？」輕鬆笑問。

她轉頭說：「的確造成困擾。」

我們說得雲淡風輕，但思念已隨著字字關心，化成煙霧消散開了。

「他們都好嗎？」我心裡問著。

海邊的193公路

按下車窗，讓他濕黑且頗大的鼻子稍微地探出車窗，他的目光自然地往外張望。漢漢找到適應彎路，不暈車的方式。

每年過年返鄉，車陣還未成隊擠上公路前，我們即驅車出發，總要在進入花蓮縣境時，對向北上的車況才熱絡起來，常常不急著直接返家，在某處慣性轉入我們的秘密海灘。

海灘上只有兩舟塑膠筏，看似無人使用地棄泊在礫灘上。海灘的入口只有一個，很不起眼，不見遊人來此望海。漢漢下車也就不用繫上牽繩，門一開，他就猛然跳下，任情在海灘上奔跑。但礫灘畢竟難行，得多使點力，沒多久他的速度自然變慢了，沒有枯枝可玩我丟你撿的遊戲，常就什麼事也不想，坐著聽浪濤刷上又滑下的聲音，漢漢耐不住性子時而走動。總在那裡，我們自處於時刻的悠緩。

還沒發現秘密海灘前，途中會駛入七星潭。第三次開車載漢漢回家時，刻意轉入往七星潭的小路。當兵時，曾在這兒駐營行軍，所以知道如何下台9線接193海岸路，這條公路是全國最長也是最美的一條縣道，因非主要幹道，維持著自然綠意。沿途人家少見，防風林保護的193保留著只有海濤聲的靜謐，車輪與地面接觸摩擦的聲音都相形清晰不少，不自覺地放慢速度。其間小漁村的居民愛貓也愛狗，不見瘦骨嶙峋的浪犬，個個體態勻稱，毛色健康，還可見請用路人放慢速度的警語標示，上面寫著「慢slow，有貓請減速」。但北段193，曾讓花蓮人擔心不再會是碧海綠蔭的小路，因地方政府欲以觀光之名計畫拓寬此縣道，緩慢行駛恐不復在，將只見大型巴士匆忙接連地駛過，破壞193原有的自然風貌與純樸民情。所幸在二〇一六年九月傳來好消息，在地方人士的溫柔對抗下，拓寬案裡的北中段不予通過，暫時解除警報。

冬天的海風，無章法地吹襲，把漢漢的毛全打亂了，所幸他不在乎頭髮亂了怎麼辦，身體抖一抖，立即恢復飄逸帥氣的外貌。我將黑色帽T的

帽子拉上，多雲時陰的天氣在七星潭的海風加乘下變得更酷冷，讓我不想多待在戶外。後來再去，一車車的遊覽車帶來了喧嘩與浮動的人心，七星潭不再適合放空，就沒再帶漢漢來，直到他離開我。

漢漢火化後一週，揹著漢漢的骨灰回家，骨灰要葬在哪裡，還沒決定。只想再和他一起去看海。沒有開車，所以沒去秘密海灘，租了台摩托車從花蓮火車站騎到七星潭。晴朗的天青色把海反映出一片湛藍，若在此時拿起相機拍照，照片會如油畫平靜，思緒亦跟著靜止不動。沒想請大海安慰我，只想坐在水泥堤防上，默默不語。

黑色背包擺放在身旁，背包裡裝放著漢漢的骨灰，小心翼翼地拉開一小截拉鍊，低著頭對著袋內說：「我們又來囉，來看海。」

三十三間堂

冬天的京都，淒淒凜凜，見不到櫻花、楓紅時的擁擠，或許因為這樣，才適合這時來到京都，一個人什麼事也不想，不想下一餐在哪兒吃，且走且找，但每天固定兩杯咖啡不可少，一杯是下午走累時歇腿用，一杯是結束一日漫遊後，沉澱思緒的。下午暫歇的咖啡館，每天選擇不同的店，深夜則固定一家，位於熱鬧的三条河原町通旁，一方小巷中的咖啡館，名叫直珈琲。

門內的咖啡紙袋上會寫閉店或開店，標示你是否錯失時機，室內只有一張吧台，僅可服務六位客人，年方三十的年輕老闆渡邊直人，邀請日本建築家木島徹先生，為他設計咖啡館，五、六年來，完全不見過時或衰壞跡象。沒有過多的裝飾，只有在吧檯牆壁上，懸掛一只古樸花瓶。到訪時，正插著隔壁花政花店的山茶，枝葉延伸，含苞待放，深紅色的花瓣，

已悄悄透露花信。不聲不響，與館內的氣氛，調和為一。

接近零度的冬夜，南方來的我，不敵寒冷，進入店內，得先脫去厚飽的羽絨大衣，過大的動作，驚擾了老闆與客人，加上溫差大，眼鏡起霧看不清周遭，使我一時之間益發手足無措。因為六個位子比鄰而坐，攜帶的行李或外套就得擱放在位子後方的橫板上。第一次拜訪時，除了說出咖啡名字與基本禮數用詞外，沒有其他閒話，喝完了咖啡，便謝謝招待，離開咖啡館。但接下來的幾天，不知何故，還是習慣去「直」喝杯咖啡，才返回飯店，可能是因為第二天再訪，和老闆開始有了交談。

在那幾天的旅行中，唯一在這兒才有可以多閒聊幾句的對象，也旁聽老闆與客人們間的對話，讓本是枯槁的心靈，無意間偷開了一扇巧門，有了一個可鬆懈趨暖的小空間。也和咖啡館常客聊了許多，但最終仍沒說出此行出發的真正原因。

老闆用杯子選擇做為與客人的親疏表徵，回台北前一晚，是最後一次到訪，他猶豫了一會兒，慎重地選擇了一組咖啡杯給我，淡綠色，杯體

半鏤空，背光幾乎可見透的杯子，忍不住說：「好美！」對於不諳日語的我，好美，或許已是我對他最高的謝意。這份隆重的心意我收到了。

店內用著名硝子店的玻璃杯，注入老闆每天從某寺院運來的地下水，水質特別甘甜，又喜用京都骨董小碟，裝盛生巧克力，兩刀切出四小塊，搭配著咖啡食用，就如直珈琲給人的感覺，純淨又不太甜膩。每天的京都小旅行就在直珈琲，無負擔地結束。

老闆問我，在京都去了哪些地方？我特別提及了三十三間堂。他訝異又欣喜地看著我，因為即便是第二次到訪京都的觀光客都未必拜訪，他認為應會舉其他名寺大社，像他就格外推薦下鴨神社。

原本只是想去京都國立博物館看特展，下了公車，覺得時間充裕，不直接往館內走去，反而越過斑馬線，進入外表完全不顯眼的三十三間堂。事前沒做功課，買了門票後，才簡略看完手上單張的寺院簡介，因為正值京都旅遊淡季，不見絡繹不絕的觀光客，只有一組不到十人來自台灣的和

尚與信眾，以及三三兩兩的外國人。三十三間堂，本名為蓮華王院，原是日本一代武將平清盛奉白河上皇的命令，所建造的佛堂。名為三十三間堂，是因它從南到北共有三十三根大柱，亦取菩薩有三十三種變化的意思。最令我驚訝的是堂院有防震設計，基礎會吸震，樑柱可抗震，是拜訪此堂院的意外收穫。

堂中與人等身的千座千手觀音立像和風神、雷神等諸眾神立像，是值得誠心、靜心細看的。脫了鞋，走在冰冷的木板上，思緒突然被冰透之感喚醒。深長一百二十公尺的三十三間堂，從第一尊觀音到最後一尊，心隨著微弱的腳步聲，越走越沉靜，有無分辨出千座觀音有何不同，或是找到自己最喜歡的觀音像，都不重要，內心感受才是最重要的。基於消防考量，室內限制點燭燒香，沒有香火氣味的影響，不是佛教徒的我，卻仍涓涓滴滴湧領受到來自心裡的平靜。

千座觀音之中，有一座三公尺高，巨大的坐姿千手觀音像，在觀音座前，我雙手合十，心想著漢漢，口中才念「我佛慈……」，「悲」字還未

說出口，數十日來的悲愴隨著眼淚，簌簌地流下來了，是觀音的慈容，讓我想依附請託，自己的悲傷不足掛齒，只求漢漢無災無難，奔往極樂之界。

「漢漢！」我立於觀音座前思念著他。十幾年的情感是無法說否認就否認，想逃避就可以逃避於千里之遠，掘砂埋入傷痛，填平了，壓實了，拍拍手上的沙土以為就可以安然離開，但它終究在回憶深處，永遠無法迴避。

離開主館，沒有立刻離開三十三間堂，選擇坐在庭園裡的柳樹下，望著主館外，被風吹動的五色布幔，白色、朱色、黃色、綠色、紫色。抬頭雖然不見藍天，但在神祇慈光中明白，淚水之所以清澈，乃因為祝福的單純。明白生命的來與去，完全取決於神，非我們俗子凡人所能決定。出生時，哇哇大哭，不可一世地宣布這世風雲且看我輩，但真要翩然輕別人間宴席，卻是旁人難捨的號啕大哭。留存於世的我們，止不住地低聲哽咽，那聲聲的啜泣代表死者這世有情相送，生死兩端都值得了，他曾這樣關愛

著所愛的人，我們也該在大哭悲鳴之中，慶喜自己曾那樣被愛著。

因為漢漢離開前一週時的想法，在處理好一切後出發到京都。當時，醫師告知我，漢漢恐怕只剩七天，那天傍晚，天氣晴朗，落日餘暉雖美，我卻沒一絲浸染其中的心情。抱著漢漢，心裡想著：「如果道別太痛，那就去旅行吧！」如今，在三十三間堂意外地找到悲憫我心的所在。

手作市集

「你有養貓嗎？」樸實無華的婦人探問。

「沒有。」我靦腆地回答。

站在京都每月十五號固定舉辦的百萬遍手作市集中，某個攤子的遮雨棚下。

正月這天，京都下著細雨。

冬天的京都不下雨時，氣溫只有四、五度，遇到雨天，體感溫度陡降感覺已接近零度，原本還足以禦寒擋冷的羽絨衣，現在卻熬不住天雨濕寒，身體直打哆嗦，頻頻喊冷。

氣象報告說雨勢將在中午時分趨緩，不畏落雨，還是早早出發，走訪百萬遍手作市集。

走進位於知恩寺裡的市集，或許是因為天雨，趕集的來客並不多，這天的市集反而成為各攤主相互交流時間。市集中集結了關西活力有特色的攤商，好幾攤賣著自己手作的麵包，另有幾攤陳列風格各異的手拉坯，也有驅走寒氣的手沖咖啡，還有人分享自醃的京都漬菜，型態多樣，使百萬遍市集多了小民日常生活的醇厚味道。

首先被吸引停步的，是位來自滋賀縣年輕女生的手拉坏攤，眼前的作品，不像其他陶器的攤位固守傳統的風格，她的作品別具靈巧與新穎的想法，攫住目光的是一個豬口杯，白色為底的杯子彷如白日天光般的明亮，在抹上灰藍色的塗層後，再用小半圓口的木雕刻刀，一片一片，淺淺地挖去塗層，在握拿杯子時，會感覺到特殊起伏的觸感，杯身並用刻刀簡單刻出四隻尾巴開心高舉的狗。不猶豫地掏錢買下這杯子。

除了別致的狗杯，還有一些無狗貓圖案的碗盤，以及其他動物造型的陶製作品。猜想她應該有養狗，趁包裝時詢問：「有養狗嗎？」

「有一隻。」她驚訝一個日語說得彆腳的外國觀光客，為何會問她這

個問題。狐疑的表情只是一閃而過，或許養狗人都樂於分享自己的狗，她轉身從塑膠盒中找出一張照片，照片中是隻黑色英國鬥牛犬。她手指著並微笑說：「我的狗。」雖然語言有些隔閡，但狗友相見還是多一分親切，或許這算是另種的「他鄉遇故知」吧！

雨停了，跟她道別後，繼續走晃市集。

中途又在擺放各式貓形花布製品的攤前佇足，市集裡也有其他以貓為設計概念的攤子，但多半是賣小陶偶的，而面前這攤是剪裁融合京都風味與北歐風格的花布，塞入棉絮內裡，製成各式各樣的貓咪生活用品，像是給貓當睡枕的貓形墊子，或是貓咪很愛的溫暖貓床等等，攤主約莫是五十歲左右的婦人，見我東張西望好一會兒，就用一連串輕快的日語介紹，但見我只是笑著沒多反應，便問：「你有養貓嗎？」

「沒有，我沒有養貓。」回答一出，令婦人一時不知如何接話。見婦人一臉尷尬，趕忙以稱讚商品很可愛來化解。此時，坐在婦人旁

邊的年輕女生也幫忙緩解，猜想應該是她的女兒吧。她說：「那你可以買給朋友！」我趕緊回答：「對！我有很多養貓的朋友。」她倆一聽，笑得燦爛。

「你有養貓嗎？」、「你有養狗嗎？」常是節目來賓最愛提問的。一開始對於這樣的問題，常心有疑問：「沒養貓、沒養狗就不適合主持同伴動物節目嗎？」後來慢慢瞭解那是一個是否「同屬一國」的想法，生活中有貓有狗的陪伴，才能體會並認同他們的想法。日後訪問一些犬貓用品的商家，也愛問道：「你有養貓、養狗嗎？」

這處手作貓物攤位上，體積較大的貓床或小寐墊，對於輕裝到訪京都的我而言，裝箱帶回台北是件困擾自己的事，但又喜歡她們因為愛貓而手作物品的初衷。手作小物中，獨鍾眼前小粽子狀，裡頭鑲入一顆鈴鐺的花布玩具。女兒說：「將一頭的掛鉤綁上繩子，就成了逗貓棒了！」拎起掛鉤，輕輕搖晃，鈴鐺叮叮噹噹清亮地傳響。想像貓掌狎玩著它，想像朋友的家，因為這美麗的逗貓棒所帶來的歡樂，便開心地買下三個，主客盡歡。

逆時針繞行一圈，快走到側門結束市集之行時，雨又開始稀稀落落地下，顧不得還有五、六個攤子沒逛，索性從側門離開。「啪！」一按開黑色的傘，冒雨走向最近的公車站牌，後背包裡裝著剛剛的收穫。旅行的步伐，並不會因為沒養狗，就不再為狗貓小物而停下腳步。十多年有狗相伴的生活，一時之間仍改變不了的莫名習慣。

你的雨衣

走在狹長筆直的人行道上，打著傘遠遠望見一隻穿著紅色雨衣的黃金獵犬興沖沖跑到小欖仁樹下，恣意地抬腿尿尿，牠和漢漢一樣有著美麗豐厚的尾巴，鮮紅色的雨衣穿披在身，仍無法遮蓋住牠晃晃悠悠的尾巴，透露出即使雨天淫漉，仍保有快樂的好心情。

主人穿著藍色的連身雨衣，站在不遠處，一藍、一紅的身影在眼前快走，風輕輕揚起藍色雨衣的下襬，追趕著他們快步的速度，不知為什麼想緊隨在後，或許只是想就近看一眼那隻黃金獵犬吧！牠明明不是漢漢，現下的我，卻像個丟了狗的主人，慌亂直追在後。

他們在交通號誌轉換前，拐彎穿越了馬路，走到四線道路對面。我也曾這樣冒雨牽著狗散步、曾快樂地在雨中奔走、也曾煩惱下雨天，還要帶漢漢出門，而今，下雨了，不用再撐著傘帶狗散步；天雨了，只能看著別

人牽著模樣相似的狗準備過馬路。以前最討厭的一件事，如今卻成了最想念的事，真是多麼弔詭的玩笑。

漢漢有兩件雨衣。一件是朋友送的綠色迷彩雨衣，上面還印著米老鼠，卡通Mickey和粗獷的迷彩，放在一起時尚感加乘；另一件是親自在日本橫濱購得的，因為東京人飼養的多半是小型犬，很難買到大型犬的衣服與用具，離開東京都心，來到較為廣闊的港區，豢養大型犬的家戶似乎增多，在那兒可輕易購得符合漢漢體型的雨衣。典雅的紅灰格子雨衣，一見動心，便買下它，但每回穿脫總有些費時，也就很少穿著它出門。因為這件雨衣是連腳都有魔鬼貼黏沾的雨褲剪裁，剛穿上時，漢漢感覺彆扭得不知如何動作。但不得不承認那件雨衣真是好看，雨天散步水花濺起時硬是多了點氣質。我倒沒給過自己特別的裝備，一把大傘就可以任遊四處。

漢漢在小時候，若遇雨天，出自天性喜歡故意四腳踏水窪，好不得意，我不愛事後還要費心擦拭吹乾，常常就會縮短牽繩，拉他避開泥水。

下雨天，對養狗人的確是煩心的事，尤其當颱風過境，傘不方便撐用，就怕一打開，立刻開花損壞了。要不然就得等風雨變小才出門，偏偏狗兒子最愛這時候鬧不合作，因為雨水讓路上的各式味道鮮活蹦跳，他的鼻黏膜也因溼度變高而濕潤許多，活躍嗅覺細胞，更容易嗅聞到許多過去被忽略的味道。本是下雨天該草草盡快結束散步行程，沒等到他快速撇尿拉屎，倒是以各種拖延戰術，惹毛聲聲催促的我。

許久沒有聯絡的朋友，在漢漢臥病期間，莫名其妙地出現了，時不時用Line問候，一直持續到漢漢離開。她最後傳了一個訊息跟我說：「跟養狗的朋友聊到你失去狗狗的事，多少明白你的心情。」隨後，她又消失無蹤。

一度懷疑她是否真的存在？為何可以感應到我有困鬱難事！

對於當時朋友們的關心，真的很難回應。也很難解釋為何我們的傷痛遠遠超過親人的離開，這個傷心指數還有人以實驗數據證明。

想想有個傢伙日夜陪著你，不抱怨只陪伴；想想有個傢伙一輩子要你把屎把尿，還得餵飯；想想在你悲傷時他會來舔你、安慰你。突然這一切都沒了。

害怕推開家裡任何一道門，因為會不自覺地注意他有沒有在門後等你。門打開了，門後不見他迎接你，房子是空的，心是空的，空空蕩蕩到讓人心慌，於是開始不喜歡回家，因為快樂回家的理由不再了。

面對失去，哭泣是一時，心裡的空蕩，才是最令人懼怕的。

有段時間，厭倦甚至痛恨所有的噓寒問暖，不想解釋自己的悲傷，因為傷痛太巨大，所以無法具體言說。我失去的不只是一個伙伴、一個兒子，更是一個說心事的情人。

耳機傳來廣播電台播放Damien Rice的歌聲，滄桑且撕裂人心，唱著「And so it is . Just like you said it should be. We'll both forget the breeze. Most of the time.」愛散步吹風的我們，終將失落於微風之中，會不會有天思念就

這樣輕輕地吹散了，到時候完全不知該如何向你解釋，就像一只舊學生證，壓藏在一個鐵盒裡，被忘得一乾二淨。「Did I say that I loathe you？Did I say that I want to leave it all behind？」想念讓過去的情緒更鮮明，原來所愛的走了，只剩下想殺死自己的懊悔。《The Blower's Daughter？》到底唱透多少人的心。

雨仍不停地下，狗兒子的雨衣早已洗好收著，永遠地擱著。

球滾了出來

「那畫的內容其實是我自己的故事。」知名繪者狗與鹿接受訪問時說。畫作中有個女生在客廳打掃，掃著掃著，一顆綠色的網球，就從沙發底下骨碌骨碌地溜了出來。他寫：「藏得好好的回憶，有時候還是會跑出來。」他的繪圖總會讓狗家人的悲傷，也時不時地跑了出來。

球，好像是每隻狗必備的玩具。在電影《忠犬小八》中，秋田犬的小八是不玩你丟我撿的遊戲，圓球從不是他所感興趣的東西，漢漢是隻拾獵犬，顧名思義就是會撿回獵物的犬種，身體裡流的血液早已命定他愛玩球的因子，把球當做獵鳥拾回，以求得到主人的稱讚，這是他必然顯性的基因。相信有很多人在看完電影後才明白，原來就是有狗生性不愛玩撿球遊戲。

在漢漢的遺照前，也放了顆卡通布偶的球，就像狗與鹿所繪。在愛狗照前面放了一顆他生前愛的球，把歡笑永遠擱放著，從此停格，聲色不動。

狗狗的球出其不意地從暗處滾出。對傷心的家人來說，雖是顆小球，卻是越滾越大的雪球，根本無法閃避對牠的回憶及情感的撞擊，常惹得家人涕淚縱橫。我沒像圖畫所畫被球打著，倒是有一件漢漢的夏衣冷不防地在打開抽屜時，瞬間出現，靜靜地躺放其中，就像被主人擱置遺忘了許久，淡黃色的背心，一直相信有天仍會再被穿上，出門遊蕩。

當抽屜打開剎那，「怎麼會在這裡？」心想著。

我端坐好久。這件衣服穿的次數不多，偶爾搭車出遊時，會讓漢漢穿上，減少披毛遺留在車裡。是不是能減低夏熱，好舒服些，這不得而知，但對漢漢而言，這是出遊的象徵，一如我拿起牽繩的連結一樣，將有好事發生。衣服此時坦現，是有好事發生的徵兆嗎？還是我的好事，早已像這件衣服被深藏在黑暗的櫃子裡封存不再。

對剛失去狗的家人而言，球是悲傷得不想再見到的東西，那狗毛、貓毛這些無所不在，到處飄飛，來去無蹤，卻是隨時都會輕易瞥見，無法逃避的。總以為房子已大肆清掃一番，仍然還是會在某個角落旁、某件衣服上，居然發現牠的毛。常有人就會因此心緒大亂，終日惶惶。

狗貓家人離開後，常會不捨地想留存個小紀念品，有人選擇留下遺骨，我則留下漢漢的尾巴細毛。用剪刀剪下一小撮尾巴部位的毛，想永遠記得他快樂時搖擺的尾巴，將它放在小夾鏈袋中，再小心翼翼地收入長夾裡，成為每天隨身小物，讓漢漢的快樂一直陪伴我。有時，他的毛還是能趁隙闖入書架上的書，想著是漢漢上次阻擾我看書時，不經意留下的嗎？不時偶爾跑出漢漢的毛，常讓我措手不及，但還是能微笑地說聲：「漢漢」，然後捻起。

狗與鹿說，球滾出來，可能是離開的狗想把球傳承給新的狗，只是沒一下功夫，那顆球就被他家新狗成員艾瑪給毀了。我相信這是場美麗且刻

意的相遇，當離開的狗知道悲傷的主人，在道別五年後，收養了一隻狗，意味著主人已經準備好了，牠也願意將牠所愛的球遞傳給新的狗家人。

「我終於可以放心了，你擁有新狗、新伙伴，將要開始另一段全新有狗有愛的新生活。」畫裡這麼說。有一天，漢漢照片前的球應該也會交接給新成員吧？

最後的任務

父親問：「明天幾點上去？」

因為拿掉假牙套的緣故，父親講起話來，不清不楚的。本想，隔天自己就帶著漢漢的骨灰，還有漢漢的玩具獨自上山，只要記得帶鋤頭、捲尺和聖水就好。但經父親這一問之下，才發覺是該問他要不要一起上山送漢漢最後一程。

我們家不曾養狗，所以，第一次帶漢漢回家時，忐忑不安，深怕他老人家不高興，因為對他而言，狗貓就應該生活在室外，與同他年紀的人多半這麼認為。但漢漢從小就跟我一起生活在室內，打鬧、擁抱、遊戲無一不與。

第一次返家時，父親還是多少叨念了幾句，但狗天生有一種魅力，一旦親近了、接觸了，就會輕易擄獲人心。漢漢天性愛爬上椅子，我也不

喜歡他趴在老家的地板上，但父親見狀不悅，就叫他下去，漢漢怎麼可能聽話，因平常發號施令的是我，不是父親。漢漢見父親斥責，或許是沒聽懂，還是裝傻，就伸長脖子，把頭直接窩進父親的大肚子上，父親一開始排斥，還斥責了幾聲。

「啊！他喜歡你啊！」我幫漢漢遊說著。

父親還是發出了幾聲嫌惡聲，但見無效，只好放棄。隔天晚上，這戲碼如排定般照常搬演，但他們磨合成功了，沒排斥對方。一人一狗就會坐躺在三人座的木椅上，父親坐一席，漢漢橫躺占了兩格，而我只能坐在另一張椅上，被排出圈子之外。漢漢的頭一樣窩進父親的肚子，不同的是父親那農人做工有著厚繭的粗手，會時不時拍拍漢漢的背，老人家粗手粗腳習慣了，在我看來他的拍撫，總覺得力道大了點。幸好漢漢是大型犬，很自然地當它是六星級的按摩。

有次，父親氣沖沖地問我，漢漢是不是爬上他的床睡覺？漢漢在台北

未經同意是不會上我的床睡覺，因此乍聽覺得不可思議，便不假思索地回答：「不可能！」但隔天，拜訪親戚完返家後，開了門，漢漢才姍姍地從父親的房間走了出來，突然想起昨日父親的懷疑，於是走進父親房間，手觸摸著床中央，「是熱的！」漢漢剛剛睡在父親的床上，可能因為睡得太安穩，沒發現我回到家了，來不及逃離現場，當場「狗贓俱獲」。我隨即大笑了起來。笑漢漢不知分寸，也笑他為何獨挑睡在父親的床，是因為父親的味道讓他安心，還是父親的床有記憶睡墊，睡起來不會腰痠背疼，沒人知道。但他睡父親的床一事，始終沒敢讓父親知道。

後來，聽妹妹說，春節結束，父親趁我先熱車，好準備出發北返之際，漢漢跑去父親的房間道別，父親在房間裡跟漢漢說：「你要聽你爸爸的話喔！」聽到的當下，我熱淚盈眶，也許父親藉著漢漢表達了為人父一輩子對兒子的擔心，這份擔心從不會因為我們為人子女年歲漸長而消逝，反而囑託的話更不容易說出口，漢漢就成了父親抒發牽掛心情的管道。

可惜我們做子女的不明白，為何狗貓這麼輕易擄獲他們的心，或許是

因為牠們總是安安靜靜地聽，不頂嘴也無任何不耐煩之舉。

埋葬入土當日，父親早早開著他的農用搬運車，轟隆隆地，極慢的速度駛上山。這是過年時，陪他採購來的新車，嶄新到可能靠近點，還嗅聞得到一點點新車的氣味。他是龜，我是兔，晚起的我，間隔段時間，才騎著摩托車到安葬漢漢的預定地，而父親早已到了那兒等候。

窄小的產業道路與山坡地接合處有一段傾斜面，因昨夜下過一場雨，土坡鬆動且濕滑，自己一步一滑地下了產業道路。父親沒我魯莽，不疾不徐地，取出他預先準備好的粗白棉繩，還是他經驗老到，一頭綁在車頭，繩子垂下至坡下的小平地，他說，他想整理一旁的肉桂樹。因為考量土滑，便沒讓他下來，自己就在文旦樹下，選一小塊平整的地，當漢漢的最後棲身之地，揮動鋤頭開始挖掘。按照朋友的建議，要挖四十一公分深，以為四十一公分本是輕而易舉，但沒忙務農事的我，一鋤一鋤地，還是耗費氣力與汗水。汗滴在挖出的窟窿裡，留下我的味道。

一掏一掘，一挖一翻間，握抓鋤頭的我，慶幸自己最後還能為漢漢做點事，用自己的氣力完成他最終安息之所。華枝春滿，天心月圓，功德圓滿了。

挖出一個合適的洞窟後，擺上漢漢的骨灰罈，置妥並覆上自日本購回的星星滿天的黑色布巾，還有他喜愛的狗造型玩具。剛剛的氣喘吁吁轉成了淚水潸潸，以為體力耗盡後，悲傷會少一點，但想到他曾來過這處山坡，開心地奔跑，爬上又爬下，當時我還信誓旦旦地說：「明年我們要再來喔！」隔年我們沒有再上山，再隔年，漢漢沒能再和我們一起過年，更別說上來嬉鬧，靜心看往年，祈求新歲好運。

風靜，樹止，不附和送行的悲傷情緒，但讓助念心意可直升至天，不誤傳。念完五端玫瑰經後，再拿起鋤頭為漢漢覆土，我們這輩子的緣分就真的結束了。

離開前，回頭望了那塊與周遭綠草滿布不相融合，極為突兀的一方新

土，沒有十字架或石塊標記，決然地說：「Bye Bye！」再多說一字半句，只會讓思念的翅膀被鉛石沉住，無法謳歌自若，乘雲飛去。

曾訪問動物殯葬業者，他說，有飼主因為狗狗生前喜歡跟他去海邊，所以在狗火化後，選擇不見人群的時候，到他倆常去的地方，朝向天際撒開骨灰，送狗最後一程。對我而言，親身挖墳、填土、念經、祈禱，是我向漢漢告別的儀式，正式完成了對他這一世最後的任務。

夢不到你

從圓山公園西側，臨濟護國禪寺旁的小徑，一路跑下來，天地光亮，四下無人，漢漢追著我，在寬廣的單行道上奔跑，一如往常地追在我身後，想抓住我、想絆住我，伸腳想扣住我，但不想跌倒而小心留意的我，一個轉身，閃開了。轉身撇頭，看到漢漢一臉笑著，與他飛揚的背毛，黃金色的毛隨風飄逸。

我夢到漢漢了。在他離開快滿八個月的某日凌晨。

是夢嗎？我立刻驚醒。那是日有所思的夢？還是胡思亂想的連結？轉頭用手機螢幕的光，照亮床旁的小桌鐘——兩點五十五分。

剛上床的時間大約是兩點二十五分，已熟睡的城市只有零星快速馳過的機車聲。我睡著了嗎？是真的作夢了嗎？人說，快睡醒前的夢是假的，

那剛躺下即來的夢是否是真的？

還是在最耗弱、倒頭就睡之際，漢漢唯有這機會，才有可能趁隙竄入我的夢鄉，在最無防備的時候來看我。

夢裡，沒有半點憂傷，彷彿夢裡白亮的天光，把所有黑暗都驅散了。只有在驚醒的時候，一點點，淺淺的，如在淺碟上，沾了一點醬油，一丁點的心慌與因想念而暈染盪開的憂傷。

幾位朋友也曾失去心愛的狗貓，他們會在臉書上說，夢到他們的寶貝，甚至有朋友夢到漢漢。朋友安慰我說，是漢漢怕你傷心，不敢出現在你的夢裡，讓我夢到他，是想請我告訴你，他很好，不要擔心。但我是多麼多麼地想看到他，那怕醒來後的悲傷，巨大到我無法恢復日常生活，我也願意。有個念頭在我腦海閃過：「為何漢漢不入夢來？」一直縈繞不去。

「也許現在的你，日子過得並不如意……」黃鶯鶯的《夢不到你》總

是才唱到第一句，接下來就用哼的，怕往下的歌詞會傷透我。騎著單車輕輕地哼，騎過和平西路的林蔭，腳用力地踩著，哼唱的旋律跟著速度增快，偽裝成一首輕快的曲子。但終究還是會偶然想起那一段甜蜜的記憶，然後溼了眼眶。

夢中的場景為何會選擇在舊時住處？是因為漢漢在那兒住了十年的緣故？在臨濟護國禪寺，漆著醒目佛教黃的圍牆旁，沿著小徑往上走，可遇一顆高過人的石碑，以前和漢漢到公園散步，總會走過這條小徑，必定會看到這座大石碑，石面上有白聖長老將近百年前所寫的四個字：無住生心。或許當我開始釋放想念，將思念化成文字，一字一字地擺放排列出來，不再執著為何沒法夢到漢漢，不牢牢固守於自己的執念，才能將心裡所想的生成一夢。一場等了好久的夢。

天使皮皮

「這波雨好不容易下對地方。」看到皮皮過世消息的這一天，網路新聞的標題這樣寫著。

從二十五樓往外眺望，遠方是一片霧白，若有氣流流動，從高處看去，會是恍如白龍尾拖迤夾帶了滂沱雨勢。雨，下對下錯、下多下少、下在哪，都不是我們所能控制的，就像小時候看的神話故事，投胎一偏，飛歪了，就跌入窮苦但良善的人家。狗狗貓貓為何被你買去或收養，或許也是靠太乙真人一揮拂塵，注定了他這輩子跟定你，一切本是聽天由命。

「用什麼心情去愛一個人或一隻動物，跟種種機緣有關。」朋友Emily說。漢漢成為我的第一隻狗，神仙幫忙與否不可知，有一點倒是可以確定的：若不是一個前導天使的先行人間，我也不會與他相遇。

「你有想要養狗嗎？」春節假期結束的前夕，同事突然打電話問我。

「嗯……會啊！」他這一問我反而猶豫了。

想養狗的念頭是從教會兩隻白色米克斯犬開始萌發，難過時找牠們，歡樂時與牠們奔跑在教堂前的綠蔭草地。但真問了我，我也懷疑起自己的意願了。

「我可以養狗嗎？」這話問得過於簡略，應該說：「我憑什麼可以養狗！」養狗好像不難，給飯、撿大便，這是小時候想養狗，父親始終不變的回應，讓我覺得養狗能做到這兩項就好了，一點也不困難。但難就難在看似最容易卻得持之以恆的事情上。

同事在電話那頭說：「我不是要養一隻邊境牧羊犬嗎？狗飼主的另一隻黃金獵犬，前天也生了，還生了十四隻！」「十四隻！」我驚訝又難以想像此景。約了時間去看他的狗，也順便看看剛生下來的一堆小黃金。那時怎麼也沒想到，同事過年的這通電話改變了我後來的十二年，甚至一輩子。

同事給被選定的小邊境牧羊犬取名叫皮皮，皮皮誕生後十五天，漢漢也來到這世界。初次見到漢漢是他剛滿一週，因為狗媽媽勤於清理狗毛，濕漉漉的模樣恍如是隻落水狗，一點也不起眼。小小的，輕輕的，唯唯諾諾的，掬起他，他卻在我的手心上微微蠕動並安睡著，我這個陌生人的味道並沒有驚擾他，僅吟吟哦哦地試圖適應來到這世間的不安感！

皮皮和漢漢誕生在同一個屋簷下，也算是表親兄弟。同事擔心初次新手養狗的我不懂得如何照顧好幼犬，常常就會打個訊息跟我說：「皮皮今天打完預防針了，漢漢過幾天要打喔！」、「皮皮的飼料不再泡很軟了，漢漢的水也要加少一點！」、「我要買鈣粉，漢漢也要嗎？」漢漢可以說是跟著皮皮的腳步，亦步亦趨地平安長大。

偶爾，同事會開車載著皮皮來看漢漢，說是需要社會化的教育，不要讓漢漢覺得自己不是隻狗。從小漢漢雖其名狀似磊落，但實是膽小了點，而皮皮真如其名，奔放開朗，走在一起，我們刻意地讓皮皮走在前。有回，我們站在公園的小丘上等待降落飛機低空飛過，被鬆開繩子的皮皮就

不斷繞著我們奔跑，等意會過來牠的行為，才發現我們都成了皮皮牧放管理的羊群了。發現牠與生俱來的習性，我們明白的笑聲隱沒在客機飛過的巨大引擎聲中，沒讓他倆起疑。

對於邊境牧羊犬的認識，也是從皮皮身上知道並驗證的，邊境牧羊犬極度聰明、愛挑戰權威、永遠有消耗不完的精力等等，樣樣都成了我在廣播節目中解釋該犬種特質的絕佳範本。只是狗長大了，有自己的想法與喜好，抓也抓不住，於是他倆的見面就終止了。或許，漢漢真的長大了，皮皮不需要再帶著他。

當漢漢離開後剛好半年，得知皮皮也走了的消息，過去的回憶全湧上來。皮皮先當個前導天使來到這世界，幫漢漢找到我，等漢漢安心入土，牠也跟著走了。也許就如朋友所說的，漢漢和皮皮就可以重聚了。只是，管不住淚水的我，起身離開座位，走到電梯中庭，遠望窗外下著雨的台北市，視線沿著新店溪向遠方眺望，默默希望能看見兩道彩虹。

鏡頭前的我們

從窗戶往下望，鄰居家的紫薇不知不覺中染紅了整棵樹。說樹，一點也不為過，從沒見過這麼高大的紫薇灌木，夏至前後，叢叢紫紅、桃紅地高掛灰色圍牆上，彷彿是藤蔓般地攀爬上牆，把炙熱高漲的夏意也喚醒。紫薇的日文漢字是百日紅，一個美盛的符記！標舉豔麗常好如夏。在宋朝時的名字連念都難，叫䞓桐。望文生義恐怕只能知道是指紅色的植物吧？

去年此時，漢漢的身體已時好時壞，好時，能繞行一大圈，約四百公尺，壞時，連下樓上個廁所都無法支撐太久。但我們總不能擺盪在難過的情緒之中。

一日的早晨，夏日的陽光已特別耀眼刺人，讓人難以睜眼直視，我們父子倆刻意散步到鄰居家的紫薇樹下，想拍張照，因為春天鄰居家的春

櫻不知何故沒依時綻放，於是在夏天擇選同樣是桃紅色的花下合影留念，彌補春日睽違的夭夭「櫻」花。照片中，紫豔的花與金亮的狗一點也不違和。

春耕前，農田尚未翻土，為準備下一期稻作前的田野遍是將作綠肥的波斯菊、百日草，或油菜花，都是漢漢回花蓮老家出遊，常合照的花種，有時連平日散步行經過的小徑旁，不知名的小朵黃色野花，也常要求漢漢停駐靠近，配合地拍張照。說是要求，實是揣測，因為我不知道他到底喜不喜歡花，他之所以願意合作，也許是因為我當時的聲音表情都是愉悅的，「咔嚓！」他總是會抓住按下快門的那剎那，展開笑顏面對鏡頭。

「他開心嗎？」這疑問一直存在，就像情人老愛心心念念地問：「你愛我嗎？」至今依舊很難明白，為什麼狗狗的開心，就像面鏡子，一映照到我們，立刻會反射出另一張笑臉，是不帶有一絲半點怨懟的笑臉，他笑，我們也笑，彼此關係絕不會像情人間，有任何生變的可能。

有人愛帶狗貓拍專業攝影照，因為視同家人才會這樣慎重其事地拍照

留影，彷彿孩子滿周歲，或是家人難得團聚一堂，人人穿戴整齊地合影留念。我無法在鏡頭前正襟危坐，強顏歡笑，也不想讓漢漢為了配合我一己之私的心願，耗費幾個小時，因此，我們全家一直沒有拍張燈光絕美，鏡頭絕佳的照片。不喜歡拍照的村上春樹說：如果跟動物一起拍照，他就會出現比較自然的微笑，認為有小動物在身邊，每天都可以過著愉快的日子，自然就會有那種打從心底開心的笑容表情。不用美圖秀秀，我們自然有年輕煥彩。

狗會看鏡頭嗎？其實狗並不像貓，無法對鏡子反射出來的影像有反應。漢漢在生病時，常趴躺著不愛動，於是常跟牠玩自拍，但頭一回發生他用腳擋開手機，是因為他認知拍照這回事？還是不想病容被拍到？在乎鏡頭下他的模樣。回想第一次病倒時曾拍了張他與玩具的照片，他抬起頭，給了我個笑容，笑得極為燦爛，喜悅之狀，不見病容，沒人相信這是生病時的留影。明白笑容是他要我別擔心。後來成為告知親朋好友，漢漢離開消息的照片，希望大家永遠記得他最燦爛的笑容。

記得漢漢幼小時，常無聊地抱著他照鏡子，這可能是每個狗爸、狗媽常做的傻事，對著鏡子說：「那是誰啊？」、「漢漢耶！」但漢漢漠然的反應，讓我清楚知道他不明白面對的那個狗影像是他。

我們人類因為看到了自己的樣貌，才開始認識自己，才開始思考自己的特別，如果狗不知道鏡子裡的影像是牠，牠將如何發現自己的特殊呢？牠們或許可以辨認出鏡子裡的其他動物或狗，但牠們就是無法認出那是牠自己。關於這問題，動物行為臨床醫師 Liz Stelow 表示，狗是無法認知到在鏡子、影片或照片上的牠，已演化為靠氣味溝通，藉嗅覺能力辨別出自己的特殊性。

如果牠那麼不在乎自己，那牠在乎的是誰？答案很明顯。一份獸醫大學比較認知的研究說，狗在經過教導學習，知道如何使用觸控式電腦螢幕後，就能從遮住眼睛只留下半張臉的照片中，辨別出影像裡人的情緒是高興還是生氣，正確率是百分之七十。不禁疑問，剩下的百分之三十則是仰

賴聲音，幫助狗確認人當時的情緒嗎？

情人對我，或是彼此反應，總有愛理不理甚至冷戰多日的時候，但謝謝還有狗，隨時感知我喜怒哀樂之情，當我轉頭、回眸、微笑時，也同樣立即做出反應，完全以我為中心。「這樣的愛不累嗎？」這麼問，我不禁慚愧。

不要害怕

身上襲來一股好久沒聞到的氣味，算算味道消失生活裡，足足九個月。

下班回到家，先打開電腦。窗前一片闃黑，遠處樓戶的燈影，一方一方地亮著，昏黃的、鵝黃的、紗白的，溢映靜落在夜幕中，方框裡的人們，正準備告別今日的喜悲哀樂，關燈隱沒在漆黑謐靜中。

一陣風迎面吹來，更清楚地聞到衣服上的味道，是狗狗的味道。

「啊！」今天俯抱狗存附在身上的氣味，這一切再熟悉不過了，尤其每回訪問流浪狗志工時，總會飄散出這樣的印記，因為天天與大群的狗相處，濃郁的狗味道無論再怎麼洗，都只會淡去，無法消失除盡，就像他們不能去除疼護狗貓的愛。我們就循著這味道，確認核發「是我族類」的證明書，蓋上鋼印鈐記，使力壓痕，永不消失。

忙碌如舊的上班日，好友走到我的位子問我：「可以一起下樓嗎？」她說：「朋友撿到一隻狗，你可以去看牠嗎？」

見我滿臉問號的表情，她又補充表示，朋友大可家裡的狗生病，得長時間醫治，便到廟裡上香，祈求神明庇佑狗狗早日恢復健康。離開時，竟發現一隻乳房垂落，幾近碰到地面的長毛臘腸犬，牠一雙變形的後腳，使行走顯得分外吃力。

「一聽就知道牠是因為已沒有利用價值，被繁殖場丟棄的狗。」我毫無遲疑地說。好友繼續說，經醫師檢查後，猜測牠的年齡大約是四歲。

年紀還輕，卻已生育無數次，為人賺進不少錢，卻得不到應有的照顧，利用殆盡後，棄之如敝屣。

不知道牠已流浪多久了，小小的身軀爬滿吸血散毒的壁蝨與跳蚤，大可他沒有畏懼，心知這是神明冥冥中交付的任務。便帶狗去動物醫院掃瞄晶片、除蚤、做身體健康檢查，所幸都無大礙。因長年關住在低矮狹窄的籠子裡，又生活在無與人互動的環境中，造成牠負傷的軀體，埋藏一顆怯

懦的心靈。

狗從醫院接回來時，先被安置在大可的辦公室裡。隨同好友進入時，見牠被幾口紙箱團團圈圍，是為了避免牠一不注意跑出辦公室，經年累月壓迫的生活經驗，使牠怯懦得對全新的世界不感興趣，連尾巴都緊夾著，充滿對陌生環境的不信任感。不忍見牠滿布哀傷、害怕的眼神，一步跨過箱子，用半側身的蹲姿背對著牠，往後伸出手表示歡迎之意，並將手心朝上，希望牠能明白我是友善並無惡意的，想藉此吸引牠的注意，進而願意朝我靠近。可惜這並沒有成功。可能是我不斷節節進逼，牠乾脆就瑟縮地窩在最角落。

見機，改走到牠的面前，伸手請牠先聞聞，告訴牠：「你好，我沒敵意，希望能更靠近你。」見牠沒再抗拒閃躲，開始幫牠做起最簡易的Touch，從頭到尾巴以如微風拂面般，輕柔撫摸的手勢，多次順移牠全身各部位，希望能安撫牠的情緒，尤其是牠那驚嚇到完全沒有自信的尾巴，

輕，點，輕，點，一節一節地幫助牠放鬆。

終於牠小小的身體很緩慢地放鬆了，我的手輕滑過牠寸寸的皮膚時，心是一路糾結，已剃光毛的皮膚，滿是被蟲咬傷的痕跡，舊的、新的傷口，凹凹凸凸，使我無法滑順地撫摸牠的皮膚。是誰這麼狠心傷害牠，牠得要花多久時間才能撫平癒合？身體舊傷破口可以結痂，內心深處的陳苦沉哀如何揮別？

關於極輕柔的T Touch，其實只學會粗淺的皮毛小技。在漢漢臥病床榻時，這有別於常見小有力道的按摩，曾經幫助他舒緩許多不適。在幫助抒解情緒鬱結時，和緩的語氣，行雲般的撫掠，還有蜻蜓點水般的輕觸，好使漢漢更放鬆。單純的平和時刻，外界煩雜及內心恐懼都與我們無關，彷彿已被闔上一層防護罩的我們，將一切摒除在外，在純淨空間之中，呼吸吐納，信任彼此，暫時忘卻苦痛。

這次再用上，只是希望憑藉漢漢曾給我的經驗，幫助那隻狗狗。我俯身輕聲地說：「不要害怕」，同時也希望為牠張起一頂安全的防護罩。

撫摸一段時間後，問牠：「你要起來嗎？你要走走嗎？」我站起身，步伐輕微，小心翼翼地走動，狗喜歡跟著人，雖不是亦步亦趨，至少心總會跟隨著，且年歲越增越發黏人，那是上萬年前狗的祖先早已設定好的親人基因。狗遲疑了一會兒，也起身跟在後面。牠從畏懼、害怕、不安到願意跟著我，最讓人開心的是牠開始嗅聞周遭的事物，椅子、箱子和地板，意味著牠已卸下心防，開始探索環境。

跨出箱子，道別並返回辦公室，想到狗的遭遇就鬱鬱沉痛。情緒中還夾帶憶起漢漢的哀傷，這也是好友當初問我是否可以去看狗時，一度猶豫的因素，在於很害怕面對自己的情緒。沒了防護罩的我，只有惘惘地任思念襲殺，無力防禦。

令我不放心的老爹

我又出奇不意地來了，繼續數落我白癡的老爹。

也不知道他主持廣播節目，算不算是件多了不起的事，但至少對我而言，每個禮拜，木頭矮櫃上的方盒總會發出他的聲音，千萬不要問我小方盒的顏色，我們的世界不是全彩的，看得最清楚的顏色是頭上的天藍和他腳下拖鞋的深藍，但這並不是我愛咬拖鞋的原因，問我為何愛咬？你家那隻也一樣吧！不過就是長牙嘴很癢。

從跟我爹住在一起開始，那小盒子裡就會放出人類說話的聲音，讓我覺得家裡熱鬧不孤單，但他不知道不讓我感到孤單的不是別人，是他。

也許因為這樣，他開了一個節目，每個禮拜，總有一天，他的聲音就會出現在那個小盒子陪著我，雖然跟他平時說話的聲音有些不同。比較困擾的是不知道為什麼有時他明明在家，那個小盒子還是會出現他的聲音，太奇

怪了。還好，每次這種奇異的情況要出現時，他就會拿起牽繩，帶我出去玩。

最喜歡跟他出門，不管去哪裡，即使如此，希望他知道，我仍有更喜歡的方式，喜歡去那些沒去過的地方，那裡會有許多不熟悉的味道，充滿著冒險與趣味，但也因為好奇心，常聞著聞著，就滯留一處太久，爹地就會心生不耐，要我快走，「走啦！不要再聞了。」他常這樣無趣地說。

也喜歡與其他狗狗見面，打招呼是必要的，聞屁股是禮貌的，否則怎麼會記得對方啊！但常常聞著聞著，我們就會繞起圈圈，跟著對方的屁股互聞，然後就會看到爹地和另一隻狗的主人也跟著轉圈，我們開心跳躍，他們卻道歉連連。有時，遇到高傲的狗，我也會抬高脖子，不願認輸；有時，遇到身形過小的狗，就意興闌珊了。爹地從小就帶我見其他的狗狗，狗大叔、狗大哥們教了許多我所不知道的事，最重要的是見到長輩要懂禮數，先趴下甚至坦腹，表達友善與敬意，因此，我很不喜歡沒禮貌的小朋友，也很討厭身形比我小，卻想要騎乘我，自以為是的傢伙。唯獨對一種

狗是老死不相往來的，就是愛吠叫，逼人就範的不友善的狗。

到爹地工作的地方次數很少，反正也記不得次數。他帶我去比較遠的地方之前，總會跟我說，今天要去哪。有天早上散步時，他告訴我，今天要見一個人，那人能和狗貓溝通。爹地交代看看有什麼話想說的，就跟那人說。他說那是為了工作的需要。這當然好啊！居然有人可以與我說話，機不可失，當然開心地前往。爹地還說，他帶我去的目的，是為了也測試那人到底聽不聽得懂我的話，後來，理所當然地就跟眼前的陌生人說：

「我爹說，我來是要測你是不是真的聽得懂我的話！」

好啦！這話一說出口，爹地的表情立刻有異狀，明白自己好像做了不該做的事。「但爹地你沒說不能說啊！」

我爹就是白癡了一點，外語能力也不好，能主持廣播節目，也算他好運！

我的世界因他而寬闊，從小他不阻止我認識其他狗，在我還沒認識貓

咪（這很奇怪的族群，牠們好兇！）時，常就貼緊老爹，遠遠地望著牠們，老爹告訴我：「貓咪耶！」我們就會站一會兒，看著貓，直到貓不耐先離開。禮讓牠們，好像是我爹要我學習的事。後來，我爹在住家的陽台，也會餵食貓咪，那些貓沒跟我一起生活，牠們也怕我，也就僅是觀望的君子朋友罷了。

爹地是個懶人，不愛跟我玩，常常坐在桌子前，對著一個會發亮光的東西敲敲打打。實在很無聊時，就會去找他，喜歡靠著他，喜歡雙腳直接趴在他的腿上，還試圖把頭伸進他的兩手中間，打斷他，想他多陪陪我，告訴他，我在這裡，不要忘了我。但他總說：「好，先下去，等一下再陪你玩。」等一下，是他的口頭禪，說根本是個謊言也不為過。但沒因此不愛他，還是覺得他該休息了，該陪我了，就又會去找他，還好他會知趣地離開座椅，拿起球，玩起他丟我撿的遊戲，甚至還會舉起耐咬棉繩，跟我玩拔河，這遊戲很容易引發我興奮，常在我情緒最高漲的時候，爹地就會停止不玩，輕率地用小肉片結束這場遊戲。

其實很喜歡看他在桌前工作的樣子，因為他就在我身邊，或者說，我可以在他的身邊陪著他，我們的世界不需要喧鬧、嬉樂，我們的世界常在恬靜中，明白生活中擁有彼此就滿足了。

我爹雖然很白癡，但他是我的神，是他保護著我，不讓我被欺負，遇到惡狗攻擊時，他總是奮不顧身，不顧自己也會受傷地保護我，謝謝他照顧我，如果他不是我的神，那誰才是呢？

輯三

如果溫暖不在了
人跟人之間的相處與信仰就不一樣了

無人車站

「在南京東路好像看到雪。」朋友的臉書上寫道。人在花蓮的我，對此句話意外地湧生一股悵然之感。或許觸發了自己本該守候台北落雪那一刻的想法吧？但此時我卻站在月台上等候火車進站，有種台北距離好遠好遠的感覺，突然興起的那一點想望，像細雪飄下，還沒落地，就已消融。

月台上只有我一人，不到六點，暮黑早已籠罩，使得這無人車站更顯幽暗單薄。狹長的月台，只留亮兩盞長形日光燈，光線無力地趨亮四周，將手一伸，感覺指尖就呈現陰暗形影。小站每天只停靠幾班區間車，等候著十八點十八分的列車，已是小站最末班車，當火車頭前燈自黑暗的遠方隱現，逐漸擴大，斜斜的雨絲在大燈探照下，似乎將雨勢織纏成一張使人逃不出的大網，迷惘遊子之心。

這車站曾因不符經濟效益，廢站已久，二〇一二年經重新整修後，恢復營運，成為一座無人看守的車站。站前的柑仔店還在，門前那棵大欖仁樹，好像也沒有隨著歲月壯大多少，是大樹始終沒變，還是我仰望的角度變了，以前上學路途必經的大樹，就這樣老態龍鍾地持續護守車站進出的旅客。在老家的村落裡，也有一棵大樹，號稱百年的莿桐樹，一本百年老樹的書中，曾列名記錄這株莿桐。在離家數十年後，突然在書中看到故鄉的老樹，一股驕傲感油然而生。

「這是我家的老樹耶！」懷鄉之情不須是家人或兒時玩伴才能憶起。

村落不大，以前村裡的廣播全靠樹下懸掛的一塊厚鐵片，「鏘！鏘！鏘！」村長慣以幾短聲、幾長聲的敲擊通知村民。小時候總不解，為何聽到這幾聲訊號，爸媽就知道發生什麼事，有時父親一聽，就急抓起外套出門。這個傳統或許源自祖先蠻荒時代的守望做法，依稀記得，村裡某戶人家失火，密集且極短的敲鐵聲，立刻竄滿整個村子，緊張氣氛隨著敲鐵聲不斷升高，人人拿起家中能盛水的器具，逕往失火住家跑去。火勢打熄

了，又人手一桶一鍋地離開現場，剛才費力與擔恐之情，仍有一絲殘存臉上。

老莿桐就這樣積年累月地稟報村人大小事，若它有靈，它可看盡了村子的悲歡離合。每年的年節活動，就選在它面前搬演，我因個頭矮小看不見舞台，總愛爬上老樹，搶得好位，登高看戲。夏夜晚風吹來，樹葉跟著顫動，啪啦、啪啦，好像老樹也愛湊熱鬧，跟著大伙兒拍手叫好。

有人找不到工作時，也會來求老樹幫忙，看能否覓得一職，後來聽說不只一人向老樹祈求後，都如願獲得工作。一次和表妹閒聊，無意間得知曾有三、四歲的小孩說，樹下一直坐著個老爺爺，它總是和藹地笑著。「是老樹爺爺吧！」我們都寧可信其有。長輩說，老莿桐是在一百多年前，祖先逃避日本人壓迫遷居至此時所種的。但終究敵不過歲月與颱風的摧殘，某日，從報紙得知它死亡的消息，報導說經樹醫師勘查，認定老樹早已死亡，決議將它移除。移除當日，鄉長、村長連同村民還在樹下祭拜，巫師還接獲「祖先」指示表示，小枝可以鋸，但主幹不能砍。但最後

還是基於安全考量，僅留下半截殘敗的樹根，它臂下那張大鐵片也不知到哪兒去了，過去的回憶隨著鐵片與老樹一同消失，村子似乎從此跟著沉默，毫無生氣。每年三、四月間，滿樹紅花燃起的一片火海從此不見。

因為天氣預報說，週末氣溫將破紀錄下探至零度，台北可能下雪。擔心一個人獨自在家的父親，沒法適應這嚴酷的天候，臨時決定買張車票返鄉。這是漢漢囑咐交代我的事，家裡還有一老得費心注意。也許因為預報說全台將凍成一個大冰庫，有些人索性取消遊樂計畫，留在台北等降雪，讓原本難買的火車票，變成可以輕易購得。回家煮個肉骨茶與紅豆湯，溫暖父親的身體後，不到十二小時又因工作關係，準備返北。

打著傘，一個人站在無人車站。憶起這裡曾經的鼎沸熱鬧。

小學時就讀花蓮市內的私立小學，所以從一年級開始，就跟著父親搭火車通學。父親僅是鐵路局的技工，家境算不上小康，卻讓我就讀私立小學。這樣費心的安排，我從沒問過原因，長大後聽阿姨說，那是修女的建

議，也許修女希望日後我能成為神父，但終究這份神聖的使命落不在我身上，天不從人願。上學的路途遙遠，每天天未亮就得起床，趕頭班車，在睡眼惺忪中，跨上單車的後座，雙手緊抓著後座鐵椅的前端，管他颳風下雨，有父親在前擋風遮雨。父親身後的我，看不全他的背影，只見他的白襯衫在風中鼓揚。

「抓好！」一聲下，奮力騎向車站。

若英文、數學考一百分，父親就會在放學後，帶我去吃碗牛肉麵再回家，生怕媽媽責罵，我們總多拎帶一份炒牛肉與牛肉湯，跨坐單車，小手一邊抓緊著父親的衣角，一邊得抓好媽媽的牛肉。搖啊晃地，也溢出了菜香。回到家菜早已冷了，但從沒見到媽媽因此發脾氣，也許這是父親疼媽媽的小招數吧！

記憶裡的通勤列車好長好長，那時公車還不便捷，主要幹道還是現在的九丙線，公車得沿著中央山脈，行經鯉魚潭，一路蜿蜒不斷，費時又容易暈車，只好仰賴火車在狹長的花蓮縱谷中，擔任南北運輸的重責。因為

全縣高中高職生都依靠火車上下學，因此，每校都分派一到兩節的車廂，從花中、花女、花工、花商依著成績高低往後排，按當時列車的排序，就可見社會氛圍及家長們的心態，一般旅客則安排在中間的車廂，乘客到站下車後，就可以直接步出月台，學生也好依序整隊，不生混亂。

就讀的天主教小學，因為教會興學的關係，所以還設有高中及國中部，如果功課有不懂之處，或是作業還沒寫完的，常常就會走去前面的車廂找學姊，尋求幫助，因為身穿的制服與其他小學不同，外套口袋上繡的大大十字，一眼就可望見，只要一聲學姊，自然就有人主動幫忙解惑。當時，高中學姊的學校出美女是全縣有名的，他校男學生總奢望能走進該節車廂，為防堵學生打架鬧事或是攀談女學生，有辱校風，各節車廂還有隨車教官鎮守著，因此我還常被賦予夾帶情書的秘密任務。

若從第一節車廂往後走，便可察覺出從寂靜走向喧嘩，從有序步入狂放。我格外喜歡後面幾節車廂的高職學生，車內常是嬉戲喧鬧，無樂不作，不愛讀書成了他們的標章，他們索性將這標章化為紙飛機，把課本作

業撕折成一架一架的紙飛機，在越過木瓜溪大橋時，一聲令下，數十架的白色紙飛機就從藍色的火車廂內群躍飛起，往湍湍河水輕飃飛去。少年的愁滋味就隨風為賦新詞地翱翔在木瓜溪上！

關於第一節車廂的傳說，最吸引我的是火車到花蓮車站後，會繼續再往前開。第一節車廂的學子會直接坐到該校後門，從靠海的後門走進校園，這條美麗的支線，不知在何年停駛了，該校的制服也從卡其色變為鬱鬱的灰藍色，完全襯不出大海的湛藍廣袤。

通勤的普通列車到了終點，不用等大哥哥們集結整隊下車，我就在混亂中與父親說 Bye Bye 後，便從車站木柵欄的隙縫鑽了出去。那時好玩的我，怎麼也沒想到，有朝一日會成為第一節車廂大哥哥們的學弟。

但終究沒有機會像《神隱少女》的千尋，坐著火車，馳乘過一片汪洋，只能坐著銀色巴士，從正門向教官道早安後，開始渾渾噩噩度過瀕海臨岸的高中生活。

搬進鳥的眼睛

在漢漢對年忌日這天，上山看他。抵達時，三隻大冠鷲在上空飛翔，並「忽忽、忽忽、忽忽、悠悠」地長鳴著，其中兩隻互相為伴，一隻落單在後，孤單的牠，順著氣流在高空盤旋，遲遲沒有前進的意圖。寂寞像股飛轉的氣旋，孤一的鷹鷲只能順著氣流單飛，無意偏離。

我在半山腰上，因牠們的嗷鳴抬頭仰望。

中國導演畢贛在他的電影《路邊野餐》中，讀著這樣的詩句：「為了尋找你，我搬進鳥的眼睛，經常盯著路過的風。」風聲是否能捎來愛人的訊息，待銳利逡巡的雙眼捉捕一瞬而過的蹤影。此刻在俯視的大冠鷲眼裡，我的孤獨是否與牠相契？父親在山裡栽種的檜木還未高大成林，我的身影在高空中應該是清楚難藏，只能在稍壯的柚子樹下略有遮遁，掩去孑然落寞的氣息。

父親原本在山中種下一棵梧桐樹當作自家土地的標的物，有天梧桐遭人無端地砍斷，他氣得七竅生煙，難得見他如此氣憤，氣成那樣也著實嚇壞大家。原來是心裡有股不捨，那棵梧桐是他和祖父並手栽種的，當人過了一個年紀，往往不捨與在意的，不再是面貌與財富，而是與他一同成長的人、事、物，或許因為那是藏雜著回憶，與回不去的曾經。其中夾存著對那些人、那些事、那些物的情感，所以不願成為過往雲煙。

「悠悠～」孤獨的大冠鷲仍在上空鳴叫著，已經很多年沒在鄉野間聽聞牠們的形跡。年少時，天天可見牠們飛翔的身影，以弧線之姿越過溪流，飛往山林深處。有一年也不知道是誰的主意，學校決定在年度例行防空演習時，將全校帶隊至山上演練躲避空襲，從警報響起，全校整隊，浩蕩的人龍隊伍一舉拉到山腰上，好不慎重。演習應該是靜悄無聲的，如此像郊遊般的走法，要正值十三、四歲的孩子們不熱切交談，實在強人所難，所幸，老師也無意要求，等我們陸續爬上山，沒多久警報也就解除

了，學生們又開始往山下的學校移動。但也因為那次的演習，我才有機會俯瞰校園，灰色的教室屋頂如山巒起伏，依著溪邊矗立，當時學校還有放牛班，是真正的「放牛」，後段班的學生不愛上課，老師索性讓學生勞動，養牛種果，學得一技之長。所以，爬上山頭，即可見黑白相間的乳牛，在學校的小牧場中移動，哞哞的叫聲彷彿與警報解除聲交相呼應，牠們似乎也懂得演習結束。在第三、四節課時，天天可見大冠鷲呼朋引伴地在學校附近上空盤旋，當我們因演習爬上山，有機會抬頭近看，才輕易辨出牠們翅膀的美麗白色翼帶。那時只覺得有趣，好奇牠們是否成功撲奪到今天的食物。

回憶年少時，不免就想起校園旁小溪畔漾起的歡笑聲。那時溪水澄淨，常是小孩夏天戲水納涼的好地方，有時是和家人烤肉歡聚，有時是三五好友來此潛泳跳水。年輕不懂事，不知危險，因為溪水中難免潛藏暗流，不少青春生命就被冰涼的河水無情吞沒，然而悲傷的哭泣聲也阻止不了一波又一波的戲水人潮。直到河溪上游建起攔砂壩，甚至畫地私營成收

費的樂水營地，湍急的溪流被破壞得變為淺水小灘，人工化的結果，遊客的歡笑聲就此才慢慢地減少。因為溪水清澈，溪裡的蝦蟹眾多，若戴上父親大大圓圓的潛水鏡，低頭入水就可以清楚見到牠們在水草苔石下躲移。

總期待秋天到來，此時的毛蟹特別肥美，因為沉迷蟹膏的美味，小時候老愛跟著父親去溪邊抓蟹。前一天父親會先去溪裡架設好竹製的蟹籠陷阱，這籠笱巨大得比人還長，父親將蟹籠載送到溪邊後，奮力地拉進水中，先用石頭砌成暫時的阻水壩，留置一處開口好安放蟹籠，然後再用水草與芒草葉遮掩，經一夜的等待，在天未亮之前，就拿著手電筒打探昨晚的收穫。那時的手電筒還不是像現在圓圓的一管，輕巧方便，而是包含電瓶，方正沉重，常得雙手輪流提拿。將燈光照在幽暗的溪水裡，好讓父親檢查籠內有無蝦蟹，有成功捕獲的，便拉拖至岸邊，然後直立倒出因水流誤游進籠裡的魚、蝦、蟹，若見小蟹、小魚就放生，只取成年可食的。那時還可以見到長臂蝦，當後來溪水不再澄淨，水質遭受汙染下，已無法再發現牠們的蹤跡，而一尺多長的蟹籠，只能長年束諸高架之上，毫無用武

之地，只剩不甚清晰的回憶，無聲地弔唁過去的美好。

若沿著溪水往下游走去，可以到達水澤區，當時家家戶戶多務農，幾乎每家都有牛棚，或是幾戶共用。農閒時，媽媽常帶我去放牛。水牛的體型壯碩，圓鼓的背部其實不好乘坐，雙腳張開無法夾緊，得隨時注意著別滑下來了。媽媽牽著牛，隨口輕聲吟唱，一路上路線怎麼走的，早已不復記憶，只記得她吟唱那首阿美族的傳統歌謠《那天晚上風的聲音》：

Wiya suni nu bari duyara bi i
A du ngi ha isu saba
Ng ng hanaku basi babu dar
A wa ai kisu
那夜窗邊吹來的風聲
彷彿是你在呼喚我
我趕緊往外頭張望

仍不見你的身影……

蒹葭蒼蒼，蒹葭淒淒，濕地的水草與沙洲上的輪傘草，隨著放牛婦女們的歌聲搖曳著，放牛少年們「喲許！」的趕牛聲，也在夏天的涼風飄渺中傳送著。當時，我們還有一個任務就是撿拾河裡的蛤蜊，媽媽教我赤腳踩在河床，用腳丫子直接踏尋蛤蜊，腳趾間流盪著細沙，更能感受腳底下的凸起物，那往往就是蛤蜊，彎腰伸手入水，拾取收入腰間的綠色網袋之中。視此為大自然賜予的禮物，後來成了觀光饕客口中美味的黃金蛤。現在濕地消失了，那原來放牛吃草的地方已填土成為農田，或作一畦一畦的蛤蜊養殖場。牧牛人迴盪的歌聲不復在，只剩對觀光客制式的招呼聲，和人工水塘上馬達打水的單調聲響。

登高站在漢漢的墳前眺望，成長歲月曾行經的地方盡入眼底，一覽無遺，山高水遠，任思念流淌。口中不自覺地哼著那首媽媽最愛的歌謠旋律

《那天晚上風的聲音》，父親每回聽著聽著就會想起媽媽而感傷落淚的歌曲，不知風聲是否能捎來寬慰的訊息，至少縱谷的微風已幫忙傳達我對家人的思念。「忽忽~忽忽~忽忽~悠悠~~」，大冠鷲又在天上悲鳴著，似乎在嘆息時光忽忽，思念悠悠。

「漢，我可以再養狗狗嗎？」在心裡問著。

心的溫度

那是一個金色陽光灑落的星期天，秋天特有的美麗日光。即使陽光普照，只要一陣初秋的微風吹來，就可捎來還不至於是讓人想躲進冷氣房裡的宜人溫度。從台大醫院捷運站下車後，沿著蒼翠行道樹木，步行至立法院，參加在院前一場正因為多起虐貓致死案件，所引發民眾上街抗議的活動，主題是「修改動保法，嚴懲虐貓犯」，而這也是我第一次親臨觀察動保抗議的現場。

在活動前一週的節目，就先連線訪問虐貓案的舉發者，一對經過數日熬夜監看，最後成功抓到證據的好心母女。原先的計畫是希望連線訪問范媽媽，但范媽媽的情緒依舊激動難平，婉拒了當天的訪問，改由她的女兒范小姐接受專訪。訪前溝通時，花了不少時間，計畫先把事情的原委說明清楚，並細數施暴者的種種惡行，電話言談話語中，很明顯地感受到她

們的痛心與害怕。但通常過於詳細的訪前討論，等真正進到播音現場，往往全都是新的、沒討論到的面向及問題。范小姐並沒有花時間在陳述事情的原委，反倒將訴求轉向一般沒有育犬養貓的人，談及希望獲得更多的支持。

范小姐說：「立法院前的活動，主要訴求是希望能獲得更多人支持修改動物保護法，若有完善法令，就可阻止或壓抑我們所看不到的犯罪行為。」

「對一般人而言，動物被虐待與犯罪沒什麼關聯，因為動物無法為自己申訴，也無法保護自己，但虐待的過程對小生命都是煎熬。而暴行不斷循環，只會讓惡人習慣，影響正常的人格發展。人將變得不溫暖、不可愛了！」在電話的那端，她緩緩並且篤定地說：「我們應該讓人多一點溫度，讓世界更美好才是！」

常見於報導虐貓毒犬事件的理由，很多都只是犬貓部分的行為無端干擾了人類生活，衍生諸多的不便。但范小姐就提醒，現在已有很多團體

在宣導TNR（誘捕〔Trap〕、絕育〔Neuter〕、放回原地〔Return〕；更有TNVR，多了V接種疫苗〔Vaccinate〕），其目的就是用結紮代替撲殺，畫地照顧。她謙和地說：「你可以選擇不愛貓，但能否隨自然演變淘汰，而非我們人為地淘汰牠們！」她的聲音透過耳機傳來，我一個字一個字聽得仔細，外面的世界彷彿全部靜止。

曾訪問許多動保志工，都發現一個共通點，他們敘事論事的能力都極強，也許是因為遭遇到的挑戰、挑釁多了，或許正因為他們明白不是為自己抗辯，而是為那些比我們還弱小的動物說話，他們才會激生奮不顧身的悍勇反應。范小姐語氣無奈地說：「保護生命是由意識做起，真的很容易！我們沒有要你上街餵養，或帶回家飼養。但相信生命本會互相感染，當我們有意識保護狗狗貓貓，也就跟著保全了牠們。」

突然，電話那頭的她哽咽難語。她想起一個禮拜前，她救了一隻病危的黃金獵犬，狗可能是因生病遭受遺棄，身體狀況也越來越孱弱。她語氣

虛弱哽咽說：「既然連線接受訪問了，就希望大家好好照顧身邊的生命，不要遺棄牠們。遺棄也是一種虐待。」做阿貓阿狗逛大街節目這麼久了，一直呼籲的就是不要棄養，棄養會造成社會的壓力，更使犬貓頓時失去生活依靠，根本無法在自然荒野、人群社會中自食其力。

最後問：「透過這宗虐貓案希望獲得什麼結果？」她說，解除人跟人的對立與推動修法。「或許我們根本無法遏止這些不幸的事再發生，但仍相信能多多少少阻止憾事。」「經歷過這麼多案件，知道人可能在一時衝動之下，做出無法挽回的憾事，當事人或許不願意，或者根本是自己病了，轉而殘害虐待弱小生命。假設立法成功了，終將對失控行為預設了一道防線。」或許這道無形的防線，對完全泯滅人性的人無用，但只要還有一點人性與良知，也是張具有警告意味的鐵網。

這是二〇一二年時的訪問，一直記得她最後說的這段話：「立法保護牠們，也是保護人。因為人的溫度真的很重要，如果溫暖都不在了，人跟人之間的相處與信仰便不一樣了。」

站在台大兒童醫院前準備過馬路，對面抗議高台上的擴音器傳來聲嘶力竭的聲音，隨著底下群眾的應和，不顯躁亂，反而是一種對生命的堅定回響。眼前的綠燈仍亮著，聽到旁邊同來參加活動的人，正對著她的朋友說：「好多人！」是的，好多人希望政府聽到我們的聲音，聽到我們為那些不會說人語的動物們——「請命！」

做好事幹嘛躲

「狗狗髒髒！」、「狗狗會咬人！」

散步時，偶爾會遇到口出惡言的母親，毫不掩飾地當著我們的面這樣地告訴孩子。對於這樣無見識的批評，並不會抱持不與之一般見識地不回嘴，因為誰可以忍受自家的孩子被批評呢？但更多時候，是遇到相對友善的父母親，當稚幼的孩子想親近漢漢時，我總會先說：「沒問題，他可以摸。」一先請漢漢坐下，雖然坐下的漢漢還是比小朋友高了些，小朋友趨前伸手，小心翼翼地認識大狗，也注意漢漢的反應是否會嚇到他，希望帶給小朋友一次美好的經驗。而對漢漢而言，這也是非常重要的社會教育。

狗可以因是友善的家犬，有機會讓年幼的孩子接觸並認識，但不出門的貓，似乎就難以為自己說話解釋。因此相形之下，街貓的困境就更難向人解釋，無法透過接觸，同理貓咪一樣是寶貴的生命。

在朱天心的《獵人們》的書中：

「有些大的小孩拿石子丟牆頭的貓，大人用ＢＢ彈射，路邊飲食攤販用沸水潑牠們，有學校老師乾脆把野仔貓從四樓當學生面拋下，還有人僅僅只是不想在十五樓陽台賞風景時，看到河堤野草地裡的野貓感到好噁心，便天天催喚環保局來捕貓，趕盡殺絕。」

手上這本《獵人們》是二〇〇五年的十刷版，後來有重新包裝再出版，內文有否增刪不得而知，台北市管理貓狗的單位，已經從「環保局」換到「動物保護處」，民眾對貓狗的態度，並沒有因為更名為「動保處」就與時俱進，隨著看似胸懷開放的名字而有所改變，至今ＢＢ彈還是照射。節目中訪問「貓花公園」的兩位義工，我稱呼她們為蘇阿姨和周阿姨的兩位貓天使，她們就說：「去年才遭受ＢＢ彈攻擊。」但被射的不是

貓，而是照顧街貓的她們。

朱天心說，看這國貓族的反應，就知道這個國是如何對待非我族類。她的《獵人們》在台灣被視為貓族必看的街貓書，頭一次把人類稱「人族」，與貓族、狗族對等無差異地相待。

同伴動物節目製播十年，頭一次問來賓：「為何願意上節目？」、「知道邀訪後第一個浮現的念頭是什麼？」身為邀請方居然問了這麼沒禮貌的問題，實在是知道他們為難的處境才敢這樣問。曾在深夜遇見一位餵街貓的志工媽媽，輕聲地詢問狀況，她卻怯聲不語，這些貓天使們，總是要小心翼翼，常常得隱身在黑暗之中，因為他們的作為並不被附近鄰居們所接受。她們又不像蝙蝠俠，還有高科技裝備保護自己，她們只有一顆赤忱的心。

突兀的提問，也可能讓來賓在現場節目上停格不語。但蘇阿姨毫不避諱，反而侃侃而談：「我們做的是好事，為什麼要躲起來！」理直氣壯地回答我。我當場大笑地回應認可這個如此直接，強而有力的答案。

蘇阿姨說：「去年被ＢＢ彈打時，覺得最主要是因為民眾不瞭解，但這樣的情況不能一直持續下去！有很多家長不瞭解甚至害怕街貓，都是因為諸多的誤解與不諒解。」於是，她們決定走一條光明正大的路，把民有2號公園取名為「貓花公園」，還開設臉書粉絲專頁，選擇在晚上七點，最多人到公園運動或休憩的時候餵貓。並開始施作ＴＮＶＲ（捕捉〔Trap〕、結紮〔Neuter〕、接種疫苗〔Vaccinate〕、原地回置〔Return〕），讓公園裡原本為數三十多隻的街貓，因絕育管理、疾病死亡、意外身故與成功送養等原因，減少到只剩個位數。蘇阿姨說：「有成果就該告訴大家，你不講，民眾不會覺得貓變少了。」

蘇阿姨是香港人，二十多年前來到台北，遷居松山已有十年。因為見不慣有人惡意攻擊貓，認為不該這樣對待動物生命，於是開始照顧起街貓。她說，曾有小孩追逐貓，害貓為了閃躲他們，衝上馬路被車撞死的憾事。她體認到從教育根本入手的重要，開始教導小朋友如何餵貓，如何友善待貓，並藉他們同儕的影響力，教導其他小朋友，進而改變父母親的

觀念。蘇阿姨很感慨地說：「如果我們漠視一個生命的存在，我們也不會好好善待身邊的人。」就如朱天心所說的吧：「一個不肯給非我族類一口飯、一口水、一條活路的國家，究竟有什麼快樂、有什麼光彩、有什麼了不起可言。」

南韓記錄社區街貓《再見小貓，謝謝你》一書的作者李龍漢就這麼說過：「街貓同我們一樣，是個心臟熱情跳動的生命體。我們感受到的喜悅、絕望與痛苦，牠們亦能體會。」這麼多人用行動記錄街貓困頓的生活，無非想說：「你可以不喜歡貓，但沒有權利傷害與你同生活在這片土地上的同伴動物。」

狗媽媽

「後來那個狗媽媽『可卡』怎麼樣了？」下了節目後，追問受訪者。受訪者是《狗媽媽深夜習題：10個她們與牠們的故事》作者林憶珊，她給了我一個驚呼卻又不感訝異的答案，在無法期待正義得以伸張之下，最後被逼著流血對抗。

某天早上「可卡」如常地到她收留流浪狗的一處廢墟，走上二樓，看到牆上噴滿了血漬，地上還有沾血的鞋印，卻不見茹苦照顧近三年的大杜賓犬。後來，陸續又有幾隻狗也跟著不見了，留下的全都是一灘灘，令人心痛的血痕，她知道這些狗恐都已遭遇不測，於是誓言一定要抓到凶手，熬夜埋伏完全不畏懼。

我若是「可卡」，無法像她那麼勇敢，冒著生命危險，一個女子隻身

在半夜闃黑的廢墟中埋伏，只為了捉拿凶手，要對方償還手染鮮血的代價。在台灣有數不清照顧著流浪狗的狗媽媽們，即使生活不濟，還須照顧數十甚至上百隻的流浪狗，將跟肉販要來的雞脖子、雞頭和碎肉，煮好裝成一大袋，狗食壓沉了摩托車的後輪，卻壓不垮她們的意志。而這樣的生活景況，不可以說我懂，卻能明白她們的艱辛。在林憶珊的書中，有十個如「可卡」矢志照顧流浪狗的狗媽媽，林憶珊為她們各自取了名字，這些名字都是狗媽媽最心痛、最愛或最擔心的狗狗的名字。

《狗媽媽深夜習題》作者提出一個問題，說出了台灣人長年視而不見的事：「為什麼狗媽媽會變成這個樣子？」

結識「台灣動物平權促進會」的創辦人林憶珊，是從她在「關懷生命協會」工作時開始，「禁止販售捕獸夾」納入動保法，她們是重要推動者之一，當時，透過節目竭盡全力幫她，讓更多閱聽大眾知道台灣有非常嚴重的捕獸夾問題。捕獸夾不只出現在遠人煙的山林間，也會出現在近人群

的河堤旁、社區公園裡，被夾斷腳的不只是動物，也有可能是幼童或成人。二〇一一年六月禁售捕獸夾乙案成功入法，在推行多年後的今天，仍不時可見到狗貓被捕獸夾夾斷腳，或是野生動物如黑熊因此受傷死亡的新聞。台灣的動物保護問題從不缺奔走四方的志工，缺少的是執法的決心。

常稱呼這些狗媽媽叫「愛心媽媽」，雖然他們其實不喜歡這個名稱，因為他們的付出，不應該還背負著「愛心」這二字巨大的包袱，更何況幫助十多萬隻流浪狗的這些「狗媽媽」們，不僅只有女性，還有不少男性。眾人表面冠以「愛心媽媽」的稱呼，背地裡卻說他們瘋了，暗指他們精神有問題。人前人後，相差如此之大，到底誰才是語無倫次、認知偏差？

台灣流浪狗之多，密度之高，愛心媽媽之繁，真可稱是另一種台灣之恥，但這絕不是林憶珊筆下的這些狗媽媽所造成的。「他們是最沒有能力，負荷卻又最重的。」林憶珊語重心長地說。

每回提到狗媽媽，就會想起已經過世的「老廣」，一位曾經在萬華一帶出沒的街友，他總是騎著三輪車游走街頭，車上堆疊著十數隻流浪狗與

狗籠，搖搖欲墜。曾在半夜遇見老廣，深夜中更顯昏暗的路燈下，老廣的破三輪車顯得更沉重，他奮力地騎踩著，不知他那夜會騎到哪裡休息。老廣過世時，還引起狗友們的關注與討論。

他照顧的那群狗，不曾因為他窮困潦倒，三餐不繼，或無可遮風避雨的住所而離開他。狗狗認定了老廣，一輩子就跟定他。說流浪犬是上帝派來喚醒人心幽微一面的禮物，一點也不為過，只是人類常拒收這份珍禮。

體認到流浪狗生命的艱難，是從劉克襄的《野狗之丘》書中讀到的，他用整整兩年的時間，記錄一群在近市郊小山丘的流浪狗，努力於城市邊緣求生的故事，遠距離觀察狗群，隨著他的筆路，勾繪出牠們的流浪地圖，切中肯綮並明白點出我們人類的自私自利。流浪狗無端承載著許多罪名，但少有人聞問，遑論探詢真相，瞭解為什麼牠們會流浪街頭，隱身荒郊呢？

《狗媽媽深夜習題》一書，沒有刻意想澄清狗媽媽的瘋狂行徑，透過林憶珊與狗媽媽們十幾年的相處相知，讓我們得悉他們的有苦難言。有位

狗媽媽「博士」因為颱風，天雨路滑，不慎跌昏倒地，恍惚中醒來，發現滿臉都是狗的口水，才知原來狗狗們猛舔她，是為了想喚醒她。生命在最脆弱的時候，朦朧睜眼間見到了天使的臉龐。ＣＮＮ二〇一四年度英雄人物，其中一位是退役的英國海軍陸戰隊士官法爾辛（Pen Farthing），他在阿富汗成立第一間動物收容所，照顧戰亂下的流浪貓狗。依此標準，台灣這些狗媽媽、狗爸爸也是該被表彰的英雄，受人景仰！

諾貝爾文學獎得主，法國作家羅曼．羅蘭（Romain Rolland）曾說：「只要有一雙真誠的眼睛陪我哭泣，就值得我為生命受苦。」養狗人、養貓人哪一個最初不是因為那雙可愛又純淨的眼神而飼養牠們，因為那雙真摯的眼睛，找到重新再出發的勇氣，但仍有人無視於牠們半生的陪伴，終至棄養，這只是證明一事：人類是唯一會忘恩負義的動物。狗媽媽們卻悲哀地在這連串惡性循環中，以最卑微的姿態，成為承擔最龐大壓力的悲者。

十年難忘

氣溫只有十三度，春雨緜緜的夜晚，看到「帕子媽」的臉書貼上一隻黃狗的照片，上面寫著：「黃醫師中午去買飯，撿回了這隻趴在路邊站不起來的狗。他一直跟我說就像毛毛。回來掃晶片，機器「嗶！」的一聲，我的心跳也跟著漏了一拍，這個孩子居然也叫毛毛，已經走失十年了，希望主人願意來帶牠回家。」

帕子媽是淡水有名的流浪貓狗志工，而黃醫師是竹圍四季動物醫院的黃玠晟醫師，他們因醫院救護工作而相識相戀，現今已是育有一女的夫妻。認識黃醫師是透過有河BOOK書店的詩人隱匿介紹。緣分似乎就如一絲看不見的細繩牽繫著，這夜，因為毛毛，也拉引出一段令我潸然淚下的人狗情緣故事。

黃醫師在竹圍一家便利商店前見到一隻滿身髒汙的黃色米克斯犬，是

隻極不起眼、路人走過可能連正眼都不瞧的流浪狗。牠癱軟在人來人往的便利商店前，黃醫師不捨見牠孱弱地躺在那裡，便將狗帶回醫院。他打了電話給帕子媽，電話上一時也說不清，就只一句：「就像『毛毛』一樣的狗。」

黃醫師口中的毛毛，是生活在竹圍的一隻中型流浪犬，平常多在社區花圃活動，天冷下雨就躲在住戶大樓的騎廊下，肚子餓了就去附近的麵攤討食，附近居民偶爾會跟牠寒暄問暖，也有人與牠做朋友，跟牠說心事。

今年年初，幾位志工決定幫毛毛戴上項圈，讓牠不再像隻無主的流浪狗，並輪流照顧牠，也希望能幫牠找到有緣的認養人。但幸福的曙光才冉冉升起，一週後卻因一場車禍不幸離世。眾人萬般不捨，後來志工們將毛毛葬在牠最喜歡的花圃中，希望每回經過這兒時，能輕輕呼喚毛毛的名字，表達想念。

黃醫師說：「就像毛毛一樣的狗。」或許就因像毛毛，心頭縈繞不去的身影，讓黃醫師決定將便利商店前的流浪狗帶回醫院檢查並治療。

在節目中常呼籲，如果撿到流浪狗，請大家務必先送去動物醫院掃描晶片，看看牠有沒有家人，讓牠能與家人重聚。而飼主也應該為毛小孩植晶片登錄資料，真正成為登記有案的家人。沒想到黃醫師掃描晶片，「嗶！」的一聲，如火車通過暗黑且長的隧道，見到出口如豆子般的光點，希望之盒就此打開了。晶片上登記的名字，剛好也就叫「毛毛」，這讓帕子媽與黃醫師驚訝不已，無法置信。是過世的毛毛冥冥之中牽引而來的緣分嗎？

按照晶片資料上的電話打去，才知道毛毛與主人已分離十年了。走失的頭一年，主人沒有放棄找尋牠的任何一絲線索，但隨著日子一天一天過去，一再的失望耗損了原本堅定的企盼，如今，一通電話響起，帶來任誰也不敢相信的好消息。

主人惴惴不安來到醫院，相隔十年，當年那隻年輕莽撞的狗早已年邁重聽，主人站在毛毛的身後拭淚，牠卻沒發現。失蹤當年，小主人才九歲，現在已是亭亭玉立的女孩，她蹲在毛毛面前，一邊叫著：「毛毛！毛

毛！」一邊用手撥開自己額前的瀏海好讓牠認出來，而身後已傳來分不出到底是家人、還是院方工作人員的啜泣聲。

十年，真的好長。一個孩子從國中都讀到大學畢業了。獲救的毛毛家住在北投，竹圍與北投相隔一座山，毛毛是如何走失到竹圍的？誰也不知道。毛毛羸弱過瘦，看得出這十年牠過得很辛苦。

我嘆：「一座山好遠！」

帕子媽說：「一座山與十年的風霜辛苦比起來，山，真的只是一座山。」

如果不是當年那個喜歡吃大骨高湯麵的毛毛用魔法牽繞住黃醫師，讓黃醫師奇蹟地帶回與家人失聯十年的另一隻北投毛毛，那麼，北投毛毛可能至今還流落在濕冷的淡水街頭；如果不是因為黃醫師適時伸出援手，毛毛可能還得繼續流浪下一個十年，當然，已蹣跚難行又罹患腫瘤的牠，恐怕無法再苦撐一個十年。

生命中有太多事後的如果，只要不伸出手幫助，如果永遠將還是如果，不會有好的故事結局發生，也許某隻走失流落街頭的浪犬，牠的家人就在某個遠方，仍不放棄希望地等牠回家。一週後，毛毛在家人的陪伴下平靜地離開了，雖然感到悲傷，但心裡還是有一絲的溫暖，因為毛毛如願回到家，在家人的愛懷中安然辭世。

端午

在錄音室裡，心岱紅了眼眶。一時間不知該如何追問後續。因為沒想到自己一下子會問到她的傷心處。

在端午節這天，早早就約好心岱來分享貓的故事，她是四月四日台灣貓節發起人，好久沒有她的消息，得知她出書，就趕緊約她上節目敘舊。當時還不知道她有隻貓叫「端午」，等翻看她的書後，就決定先應景聊聊「端午」。初衷是如此，不約而同地，心岱也想聊「端午」。

貓取名叫端午，自然是因為貓是在端午節這天來到她的生活。她娓娓道來，說端午多乖，乖到自幼就是個模特兒，常被借去拍廣告照，雖然正值七、八個月大的頑皮階段，但穩定、親人的牠，迅速擄獲了心岱的心。因為端午是隻櫥窗貓，眼看牠越來越大，恐怕會賣不掉，更心疼牠的遭遇，暗自決定買下牠，好讓牠脫離苦海，不再不斷接受閃光燈的傷害。幾

經協調，店家同意了，就在端午節的清晨，將端午接迎回家。因端午長期嘔吐的問題，一直遲遲無法治癒，經朋友介紹，結識某位醫師，才同意動手術解決多年的痼疾，但手術結束的當晚，端午突然就離開了。心岱說到這兒，哽咽了。坐在對面的我，因文章沒寫明端午的離開，在沒有預期之下，也一時語塞。

我們都是傷心人，明白即使再多安慰的話語，都無濟於事。「妳……」我只說出第一個字，就把後面整串話給吞回去。

廣告空檔，她說，她至今無法寫端午的故事。

主持節目，明白一事，說故事是最能讓聽眾流連忘返身臨其境的，曾聽朋友說，她開車聽廣播，常聽到到了家，因為對話沒說完，就繼續繞路或在路邊停靠，等把故事聽完才回家。來賓願意分享他與狗貓的故事，我萬分感謝。因為常常是悲痛的故事，受訪者得一層一層，勇敢地剝開袒露自己的脆弱與悲傷，常得在強自控制下，才能不使情緒激泛起過大的波

瀾，靜定地將話接續說完。即使我與來賓相識，但怎麼樣都是他與狗貓共處間的陌生人，怎麼跟一個陌生人敘說自己心裡的巨大破洞，而我的一字一句，不疾不徐地打開記憶門鎖，見到她心口上仍滴流著想念。

傷口已結痂了，往往在一轉身之際，還是扯裂了傷口，得重新包紮上藥療養。來來回回，來來回回，也不知道受訪者多少次在暗夜裡獨自低吟喊痛。尤其可能是因為自己做下的某個決定，造成狗貓突然離開，「驟逝」兩字完全無法形容受訪者難以接受的強大衝擊。多年來，心岱一直懊悔自己當年的決定，「如果如常地服藥，是不是就不會發生這個結果？」她問。

我無從給予建議。因為每一個悲傷的故事，都是由許多幸與不幸交織構成的，但中間的情感加乘深度，會因主人與犬貓的互動狀況而有所不同，絕無法單憑說一句「我懂。」就可以輕率地面對他人的悲慟。常常就是不插嘴，靜靜地聽對方說，當個傾聽者。不喜歡「節哀順變」這四個字，請節哀是冷血的，因為哀傷根本是無法節制的，為何要讓悲傷的情緒

悶燉成一鼎恐怖的壓力鍋；而順變，恐是最知命且唯一的微弱交代。

我們在互道端午節快樂的這一天中，憶起悲涕之事，會不會也算是冥冥之中的注定？會不會是「端午」希望心岱不要再掛念自責？這些話我沒說出口，心想她應已見過太多悲歡離合，自然明白天意所在。

德國人愛狗

事隔五年後，再度踏上柏林，重回我所喜愛的城市。

當年正值南非世界盃足球賽，那時最紅的是「章魚哥保羅」，旅居德國的朋友，咬牙切齒地說：「要把牠殺來吃！」但德國人畢竟是日耳曼有紀律的足球大國，情感上不喜歡保羅大仙，卻又理性地承認，西班牙應會踢贏德國，搶進冠軍賽。當時，只要遇球賽現場轉播時間，每家小酒吧都坐滿關心球賽的球迷，拉椅聚集，好不熱鬧，連計程車司機都跟我們聊起足球經，只是當他問到：「中國那麼多人為什麼足球還是踢不好」時，我啞口無言，哪懂他國的體育政策啊！當然，他們不是不懂台灣與中國其實是兩個主權獨立的國家。

「從哪兒來？」在兩家小鋪連續被問到。

「台灣！」我答。他們馬上就告訴我們，知道台灣與中國是不同的國

家。德國真的不愧是泱泱大國。

泱泱之姿，不只是對國際事務的關心，還有對動物保護的努力。在公車、電車上，非常容易看到狗。搭上雙層公車，見一隻米克斯犬停站在我的面前，忍不住問了狗主人是否能摸牠，同意後就忘我地與這位狗乘客玩起來，狗也興奮地甩毛，這才發現牠老兄體味頗重，抖出的細毛，在朝陽的照射下，分外清楚。但不見任何一位乘客是皺眉不悅的。

德國人愛騎車，前推或後拉小車，小車上不是載著小孩，就是裝著狗。很羨慕他們的生活方式，更羨慕他們把小動物當成家人的態度。

常居柏林的好友返台時，聊及德國的犬貓，除了談及他們養狗前必須先上課，了解自己是否真的適合養狗外，還提到德國人養狗有社會保險補助！為何會提到這事，是因為那年剛抵達柏林時，和朋友直衝旅館附近的二手市場，在市場中，看到一隻大型短毛米克斯犬，很直覺地拿起相機拍下牠的英姿，「喀嚓」一聲，引來了一位瘦高大漢的關心，不見德國人的簡潔外型，而是不修邊幅的如流浪漢大叔。他問我，會不會說英語時，心

想：「糟了！惹上麻煩事。」

大叔找了一個會說英語的友人翻譯，他說我必須尊重這隻狗狗的意願，「牠願不願意被拍，有問過牠嗎？」、「牠也在乎好不好看，應該給牠穿著打扮的機會。」大叔說的沒錯，但字字充滿著欺詐惡意。大叔開始替牠裝扮，戴上帽子、墨鏡，卻仍掩飾不了狗狗無辜的眼神。大叔還慎重其事地介紹牠的名字，但因太過於緊張事後我也完全不復記憶。

待弄好，他說：「可以拍了。」在被迫的情況下，再拍一張。然後，大叔說該給狗犒賞，接著拿出一個鐵碗。因為急於想逃離，不假思索地拿出兩歐元，丟入碗中時，才發現，裡頭全是舊黯銅色的壹角，不是銀色閃亮的兩歐硬幣。朋友這時趕來，問我發生什麼事？還念道：「為什麼丟兩歐？」只能自我安慰地說：「就當給狗狗的糧食錢。」但朋友說：「兩歐可以喝一杯咖啡啊！」不過大叔一定是拿去買酒喝。

後來，在一本德國免費刊物上，看到跳蚤市場那隻狗狗的照片，介紹那隻狗狗在柏林頗有「名聲」，出了名的。看不懂德文，就不知道出了名

的原因，是不是和大叔的行徑有關？當柏林好友告訴我，這些流浪漢因為養狗，可以獲得社會補助金時，又重啟這段我在德國被騙的記憶。

德國之旅，不全然是不愉快的，反倒是驚喜連連，發現餐廳服務生往往不先問顧客吃什麼？反而先給跟著來訪的狗一碗水，並關心狗要不要吃東西。或直接了當地告訴我，狗是牠的家人應該被尊重，嚴辭拒絕偷拍。在法蘭克福機場，還有犬貓登機的櫃臺等等。因為這些內化於生活的種種舉動而喜歡上德國，於是五年後有機會再度拜訪，自然是既開心又期待。

曾看拜耳大中華區德國總裁Steffan Huber，分享他認養的三隻流浪狗，Huber說：「德國人很難想像台灣街上流浪狗的數量」，直指流浪狗的問題在台灣真的非常嚴重。走過半個德國後，我也不免感慨，台灣志工持久努力不懈，但問題仍舊一直膠著存在。

廣播節目上，曾兩度訪問遠嫁到德國的台灣媳婦，音樂人鄭華娟，第一次訪問她時，是連線到德國，笑聊她的拉不拉多犬——氣質卡，那次訪

問讓我更深入瞭解到德國對於棄狗的不負責任行為是依法論法，嚴格執行的，也明白他們為了防堵棄養，將繁殖業者與保險、動物醫院三方，畫為一個共同體，狗出生後得要有出生證明，否則治療的費用將會有所差別，甚至還會因為有無投保，影響日後診療費的多寡，而能否投保，又與有無出生證明文件有關。加上他們明白杜絕流浪狗與虐待動物的問題，必須深根在教育上，尊重生命個體及完善的規定，讓人深刻地體會德國人自幼對小孩生命教育的重視，落實於物我生活共存之中。

但第二次訪問時，她隻身來到電台，一臉嚴肅，不帶笑容，讓我開始忐忑不已。

訪問前都會先與來賓討論可能會問及的題目，東扯西扯地說她新書內容，還提看到臉書上，稱讚氣質卡很聰明懂用工具，自蓋毛毯取暖，鄭華娟心情似乎輕鬆開來，突然說：「今天的心情非常差！」語氣之強烈，讓我清楚感受到她極不愉快的情緒。在錄音前，跟我說了昨晚所發生的事，

這事讓她在最後，落下淚來。

在訪問的前一天，她在便利商店前撿到一隻米格魯，那隻米格魯一直在商店門口徘徊不去，只回來幾週的她，擔心自己無法在短時間內找到新主人，但還是毅然決然地帶狗去動物醫院檢查，先是掃瞄晶片、除蟲、洗澡，所有撿回流浪狗該做的事，她一項也沒漏。原本是想掃不到晶片，就讓喜歡狗的爸媽領養，可是當晚，發現米格魯除了會哭嚎外，還咬了母親，她好言相勸母親，再給牠一次機會。那晚，她便一直看著米格魯到三點，但早上起床，狗還是偷跑了。她為此感到非常難過，除了擔心米格魯的安危，更氣憤的是為什麼有人養牠，還丟棄牠。

棄養犬貓的人沒想過，被豢養過的家貓、家犬是無法與自幼流浪的狗貓一樣，有能力在荒野、都市中求生，你也無法想像一個不負責任的舉動，讓很多想幫助牠們，挺身而出的人，常因後續許多問題而深感氣餒。

學校中十多年來教授的生命教育是失敗的，我們喪失了最簡單，來自內心的「慈悲」，柔軟地對待這些生命。

訪問結束後，她回頭笑說：「我們應該一起主持節目。」曾在中廣青春網主持的她，怎麼說都是廣播前輩，別說一起主持，光是能兩度訪問她，便心滿意足。

鍊上你的無心漢

十月返家為父親過壽，和堂兄弟正聊得興起時，妹妹突然走到身旁，在耳邊小聲地說，她同學在附近撿到一隻哈士奇。我隨即跟上，了解情況。

鄉下的路燈，不像城市盞盞通明，夜裡要發現流浪犬可不是件一眼可辨的輕鬆事。在不斷呼引下，一隻狗從黑暗中被喚了出來，牠幾近全白的臉，在路燈如探照燈的照射下，更顯無助，我們幾個人叫著牠：「過來！過來！」脖子下，那條被扯斷的鐵鍊，拖行在寂靜的夜裡，清楚且刺耳。我蹲低身體伸出手，希望取得信任，見牠靠近，便近身先輕撫牠的脖頸，再輕按牠的頭部，「很舒服吧！」不疾不徐地說。

拾起那剩半截的鐵鍊，牽起牠，往回家的路上。中途，換手給妹妹同學的男友，看著狗信任他而互相追逐奔跑，這一幕我不禁感動了，哪隻狗

願意離開牠心愛的主人呢？有哪一隻狗是真的罪刑重大到可以讓你輕言棄養牠呢？

妹妹事後告訴我，同學當時哽咽了，因為想到剛過世的狗狗，一樣白臉的哈士奇。哈士奇犬脖子上的半截鐵鍊卻讓我想起，台灣幾起狗被綁在車尾，遭血流拖行不忍卒睹的新聞。或許就如主人事後辯稱，是一時粗心忘記了，或是狗自個兒不小心掉下車。

我們常忘東忘西，尤其隨著年紀增長，忘記事情的頻率大增，舉凡：眼鏡、手機、鑰匙……因為太平常、太習慣了，就容易遺忘。但忘了把狗綁在車後，然後拖行，總令我百思不得其解，狗是熱愛互動的可愛小生命，每每經過時，牠總會提醒你：「我在這兒！」或搖著尾巴說：「你要出門了嗎？」很難被忽略。

問題癥結恐怕在於為什麼要拿條繩子、鍊子拴住狗？如果不鍊住牠，這樣的錯誤是不是就不會出現？

紐約市議會通過一條法案，禁止在十二個小時內，把狗持續拴在戶外超過三個小時。首次違反者，會先予以警告，如果狗因此受傷，飼主就要罰款二百五十美元。如果一年內再犯，那就要入監三個月，或易科罰金五百美元。其中更規定，拴繩不得過重、過緊或是過於纏繞難解等等。而類似這樣的法案，已在全美二十個州施行。

紐約市議會公共安全委員會主席說，用鐵鏈鎖住狗，然後置於室外好幾個小時，那是把一隻很友善的狗，被迫變成攻擊性極強的凶猛動物。想想，你家隔壁那隻被綁在門外的狗，是否天天狂吠？凡經過的行人、郵差被攻擊了多少次？

狗狗掛在車後拖行是很殘忍，但更殘忍的是綁狗拴狗的行為，被拴住的狗，牠的活動範圍只有約直徑一公尺，牠就像井底之蛙，以為那是牠的全天下，牠使勁地保護小小方寸之地，本能地警告攻擊接近、侵犯牠領域的人，但換來的往往不是遭到一陣痛罵，就是一頓毒打。牠從不知道牠有權利要求解開鐵鍊，牠從不知道可以親近人。有一天，主人可能習慣地將

牠綁在車後，然後車子駛動了，牠就一路被拖行，直到腳步無法跟上，無力地想休息，就只能被硬拖著，把身體、腳掌都磨破了，連脖子也被勒得換不了氣。

對於動物遭虐待的憾事，因為主持節目緣故，看得太多，心痛與憎惡不因事件頻見而減低，反而更加深惡痛絕。記得把貓丟進烘乾機烘乾致死的惡徒，他當時還曾得意地說：「我是帶咪咪去坐雲霄飛車。」後來一審被判一年六個月徒刑，當時，承審法官楊台清說了一句，至今一直記得的話：「眾生平等，豈容人類以虐殺為樂。」痛斥殺貓惡徒「充分表現出人性最黑暗與墮落不堪的一面，且事發後不知悔改，毫無檢討或認錯，惡性應被懲罰」，「以欺凌完全無自救能力的弱小動物為樂，完全無視動物也有感覺、恐懼與生理、心理上的痛苦。」

或許被鍊上的狗會想，如果沒有這條鐵鍊就好！被虐殺的犬貓會想，如果沒有與他成為這一世的家人那該有多好。但令人哀傷的是，牠們至死恐怕仍執著相信並且深愛著一同生活的家人。

逛舞廳的狗

看報是有趣的，越是小軼聞讀來越覺有樂趣。

《瀋陽晚報》報導，中國鐵西區凌空派出所在一家舞廳捕捉到一隻流浪狗，報導說，這隻狗看起來很高貴，淺灰色的毛，像哈士奇，又像狐狸犬。並說，別的狗會「汪汪」叫，牠卻發出「咘咘」聲。懷疑牠也許是狐狸，就找來瀋陽市野生動物救護基地人員鑑定，專家一眼就認出：「這是隻母狐狸，而且已經懷孕！」

狐狸為什麼要闖入舞廳？專家說：「很可能是因準備生產找個窩。」朋友笑說，牠應該是狐狸精，不然，狐狸怎麼會出現在「咚ㄘ咚ㄘ」的舞廳呢？但想想這裡說的舞廳會像是我們所說的「夜店」？還是跳國標舞，舊時的「舞廳」？但不管怎麼樣說，都很適合狐狸精出沒。

野生動物研究人員說，狗與狐狸除了叫聲不同外，狗的毛摸起來沒有

狐狸毛柔軟，且狗的眼睛較整張臉來說比較小，而狐狸的則較大；狐狸的尾巴蓬鬆且長，超過身長的一半，而狗的尾巴則是不超過身長的四分之一；狐狸腳小，狗掌相對大。另外，人多時，狐狸會偽裝成可憐的樣子，當人離去時，它才會挺直腰板，大搖大擺地走路。這一番解釋，終於瞭解為什麼狐狸會無辜變成童話或民間傳奇的主角，完全是太擬人生動。

時不時，中國會出現幾起動物誤認的新聞。雲南一名農夫，在中越邊界買下兩隻小黑狗，沒想到黑狗越長越大，有天看到野生動物保護宣傳單後，才驚覺家中那兩隻「小狗」，竟然是二級保育的「黑熊」，因私養保育類動物屬違法，他趕緊將兩隻「熊」交給森林警察局，然後移往野生動物收留中心。先不論熊與狗的實質差別，兩歲的黑熊雖然還未性成熟，但身形與成長速度絕對與鄰居家犬有很大的差別吧！還是當初的販賣商人謊稱兩熊是獒犬？

動物誤認的情況，若演變成商業的宣傳也堪稱絕妙。滕州市發生野狼傷人事件，於是城裡興起「打狼」，其中，公安抓到一隻「母狼」，結果

一樣在專家鑑定後，又是一個烏龍事件，把哈士奇犬誤認為野狼。除了體形與臉部特徵不同外，還與野生狼的毛色有異。這起是狼還是狗的爭議，居然在中國鬧成幫哈士奇犬「變臉」的風潮，說是為了保護家中愛犬的性命，來個修毛美容。不知這是狗美容的噱頭，還是純粹天熱剃毛，想一了百了。就有一中國網友嘲諷說：「哈士奇是狗，還是狼，不取決於牠本身是什麼，關鍵是這畜牲，必須順應大局的情勢需求，要牠做啥，牠就得當啥。」這話是諷刺上百名警力，打狼打到最後三緘其口，作秀作到坐困愁城的窘境。秦朝有個宰相趙高為了鞏固自己的權勢，當著皇帝的面，要所有文武百官認同他拉出來的鹿，不是一頭鹿而是一匹馬。如今看來，政治社會裡的指鹿為馬，自古至今沒停過。

在台灣，也有這樣的窘況。虐待動物，不懂尊重動物生命的天馬牧場，飼養三十多隻的草泥馬，遭家長投訴。指稱兩歲兒子跟草泥馬拍照，遭草泥馬反咬一口。媽媽氣憤地說：「牧場醫療簡陋，動物到處亂跑，真

的好危險！」是誰說可愛動物就沒能有脾氣的。

結果，電視新聞下標：「小馬咬一口，二歲童變跛腳！」，或打出：「『草泥馬』牧場再出包，馬咬傷童。」不禁嘆此駝非馬，草泥馬是羊駝不是馬。反正媒體的輕率從把網路影片、介紹美食當新聞報導開始，這樣「指駝為馬」的荒謬，就不足為奇。全是便宜行事，不求甚解的結果。但為什麼羊駝好好地要被稱為「草泥馬」？因諧音近國罵，被中國網友用來抗議政府對網路的監控，並成為艾未未諷刺政府的藝術作品。我們是否可以回復牠單純的原名？

在台中發生一起真的辨認有難度的事，民眾在縣道發現一隻受傷的貓，經初步診療後，送到動物收容所，動保處工作人員將傷貓的訊息公告，說是收容一隻貓，毛色毛長的欄位寫著「虎斑」。結果經特有生物研究保育中心鑑定確認，牠是除了已滅絕的雲豹外，台灣僅存的原生貓科動物——石虎，台灣石虎只剩不到五百隻，瀕臨絕種，外表像家貓，但體型比家貓大，最顯而易辨的是臉鼻上白色條狀斑紋及耳背上的白色斑點，收

容所人員並非沒有懷疑不是家貓，只嘆這起爭議流程出錯，未經確認就貼文公告，但這不是台中收容所如此，其他地方收容所都有程序未確認便公告，或將動物予以安樂死的情事。好在石虎真實身分及時被發現，不然恐成犬貓不當安樂死政策下又一條無辜的生命。

因為無知，而頻頻製造錯誤，又因私利喜好，硬把犬貓變種，畫犬為虎，染犬為貓熊，在每日的新聞中，屢見不鮮。不過，話說回來，有種狗「貝林登梗犬」外形還真像羊！

後記
愛的證明

「你要回家了。」傅月庵大哥在我的臉書上留言。

在漢漢走後半年，決定鬆手將他落土安葬，就此永眠於花蓮老家的山裡。當看到傅月庵大哥這麼說，一時不解其意。一直以來在我的人生存檔備案裡，有個名為「回家」的資料夾，但裡面總是空的，因為心裡不負責地認為：有天我還是會回家。

二〇一六年六月底，我「真的」回家了。打包家當時，連同漢漢睡過的床，費力地從台北一路運回花蓮。在漢漢走後，很多東西都轉送出去，數條幾乎沒用過的牽繩、胸背帶，都在清洗後選擇轉贈，還有漢漢僅坐了兩次的大推車。告別，不是只在他耳邊輕聲說再見，還包括處理他的遺物，有人還沒沉澱情緒，就迅速丟棄亡者遺留的東西，卻也有人即使經過

數年，仍始終無法好好整理這些物件。告別實難，整理自己更難。

在出書前的一個月，打掃已空空蕩蕩的台北家時，因有幾樣零星的東西還留在書房遲未善後，就順手把這些分門別類地放入木盒中，其中包括漢漢的短涼被與毛毯。是該收整好的，我這麼認為。不料，一只綠色圓圓的吊牌，在日光的反射下吸引住我的目光，拿起來細看，發現是漢漢一〇三年度的「狂犬病預防注射證明牌」，放在手上，若不是胸背帶牽拉著，我幾乎感受不到它的重量。它非常輕薄，那麼微小，卻逼出了我的淚水。

以前掛在他胸下這只不起眼的牌子，是在世時，為了證明已施打疫苗的頸牌，而今這一圓圓的證明牌，卻是說明漢漢曾經存在，證明我們曾愛過、曾相伴相依過。淚水在思念中潰堤，潸潸落下停不住。至今每日還是有個睡前習慣，跟漢漢道晚安——既已習以為常，每晚就如常地說著。而今只想說：「漢漢，我很好，請放心。」但「你，好嗎？」我心裡不免懸著疑問。在寂靜的夜裡，這是永遠不會有回答的提問。

林書宇導演的《百日告別》中，女主角心敏決定一個人走完和未婚夫

原訂計畫好的蜜月旅行，她在沖繩的一段坂道上遇見一位婆婆，正吃力地爬著斜坡，婆婆狀似抱怨地說，每回跟先生爬這道長坡，總不等她，早早逕自爬上坡頂，「我就用我自己的速度慢慢爬，我先生會在上面等我。等我爬上去了，還會給我一顆糖。」人生就像爬坡，越到頂端，我們的體力越是虛弱，氣喘吁吁地，上氣不接下氣。先登頂的一定會在上面等著我們再相聚，然後報以一顆歡喜糖。狗狗有四隻腳，老跑得比我們快，但就像每次散步，他總會在前方等著，等你也跟上。到了人生終點時，我相信漢漢會在那裡等候。

謝謝新經典文化總編輯葉美瑤三年前就催促我寫漢漢的故事，雖然真正動筆是在漢漢過世後的半年，在安葬後北返的那個夜晚，開始敲打起鍵盤，在該為漢漢留寫紀錄的心情下，漸次完成。謝謝大哥張大春與張曼娟老師，在很多年前不約而同地希望我寫下與漢漢生活的點滴，還好心好意設想書名，一人說《貝克漢跟我回家》，一人說《貝克漢帶我回家》，動

詞不同，主詞也跟著異動，但相同的是「回家」。謝謝一路照顧漢漢，與喜歡漢漢的家人、朋友及電台同事，謝謝楊動物醫院的楊靜宇醫師與其團隊醫師，十二年半來對漢漢的用心診療。謝謝譚大倫、蔡依津、徐綺羚三位醫師的醫療建議、也謝謝動物溝通師布媽。更謝謝「阿貓阿狗逛大街」的節目聽眾與來賓，我們一起度過十年的歲月，在屆滿十年之際，謹以《第十個約定》當做謝禮，期望每一個狗貓家人都不棄養狗狗貓貓，陪牠們走完定約的最後一程。

Essential YY0909

第十個約定

作者
林清盛

前News98電台「阿貓阿狗逛大街」節目主持人，現主持飛碟聯播網太魯閣之音「花現193」節目。從小過著有動物相伴的生活，跟著父母養猴、飼龜、育兔，還有環頸雉。十二年相伴的狗狗貝克漢離開後，不知何時會再養狗或當個貓友。

視覺設計　Ancy PI
校對協力　李淑婷
行銷企畫　鄭悅君、王琦柔
版權負責　陳柏昌
副總編輯　梁心愉
初版一刷　二〇一六年十一月七日
定價　新臺幣二八〇元

ThinKingDom 新經典文化
發行人　葉美瑤
出版　新經典圖文傳播有限公司
地址　10045臺北市中正區重慶南路一段57號11樓之4
電話　886-2-2331-1830　傳真　886-2-2331-1831
讀者服務信箱　thinkingdomtw@gmail.com
FB粉絲團　新經典圖文化 ThinKingDon

總經銷　高寶書版集團
地址　臺北市內湖區洲子街八八號三樓
電話　02-2799-2788　傳真　02-2799-0909
海外總經銷　時報文化出版企業股份有限公司
地址　桃園縣龜山鄉萬壽路二段三五一號
電話　02-2306-6842　傳真　02-2304-9301

第十個約定 / 林清盛著. -- 初版. -- 臺北市：新經典圖文傳播, 2016.11
296面；13×19公分. --（Essential；YY0909）
ISBN 978-986-5824-69-3（平裝）

855　　105019656

ISBN: 978-986-5824-69-3